COLLECTION FOLIO

Jean-Paul Didierlaurent

Le liseur du 6 h 27

Gallimard

Couverture : graphisme direction artistique Gallimard.

Jean-Paul Didierlaurent est un romancier et nouvelliste. Après des études à Nancy, il a travaillé à Paris avant de retourner vivre dans les Vosges. Il a découvert le monde de la nouvelle en 1997 avec un premier concours, avant de remporter de nombreux prix : prix de la ville de Nanterre en 2004 et 2005, prix de la Communauté française de Belgique en 2005 et de la Libre Belgique en 2006, prix de la Nouvelle gourmande de Périgueux en 2008. Il a vu ses nouvelles publiées dans les recueils *Corrida de muerte, Arequipa* et *Le Frère de Pérez* avant de remporter le prix Hemingway 2010 avec *Brume* et le prix Hemingway 2012 avec sa nouvelle *Mosquito.* Onze nouvelles qui ont révélé Jean-Paul Didierlaurent sont réunies dans le recueil *Macadam* (Au diable vauvert, 2015). Son premier roman, *Le liseur du 6h27* (2014), paru aux Éditions Au diable vauvert, a connu un succès fulgurant. Depuis ont paru *Le reste de leur vie* (2016), *La fissure* (2018) et *Malamute* (2021). Jean-Paul Didierlaurent est décédé prématurément en décembre 2021, alors âgé de cinquante-neuf ans.

À Sabine,
sans qui ce livre ne serait pas,

à mon père,
qui, par son invisible présence,
continue de m'insuffler son amour éternel,

à Colette et à son indéfectible soutien.

1

Certains naissent sourds, muets ou aveugles. D'autres poussent leur premier cri affublés d'un strabisme disgracieux, d'un bec-de-lièvre ou d'une vilaine tache de vin au milieu de la figure. Il arrive que d'autres encore viennent au monde avec un pied-bot, voire un membre déjà mort avant même d'avoir vécu. Guylain Vignolles, lui, était entré dans la vie avec pour tout fardeau la contrepèterie malheureuse qu'offrait le mariage de son patronyme avec son prénom : Vilain Guignol, un mauvais jeu de mots qui avait retenti à ses oreilles dès ses premiers pas dans l'existence pour ne plus le quitter.

Ses parents avaient ignoré les prénoms du calendrier des Postes de cette année 1976 pour porter leur choix sur ce « Guylain » venu de nulle part, sans même penser un seul instant aux conséquences désastreuses de leur acte. Étonnamment et bien que la curiosité fût souvent forte, il n'avait jamais osé demander le pourquoi de ce choix. Peur de mettre dans l'embarras peut-être. Peur aussi sûrement que la banalité de la réponse ne le laissât sur sa faim. Il se plaisait parfois à imaginer ce qu'aurait pu être sa vie s'il s'était prénommé Lucas, Xavier ou Hugo. Même un Ghislain aurait suffi à son bonheur. Ghislain Vignolles, un vrai nom dans lequel il aurait pu se construire, le corps et l'esprit bien à l'abri derrière quatre syllabes inoffensives. Au lieu de cela, il lui avait fallu traverser son enfance avec, accrochée à ses basques, la contrepèterie assassine : Vilain Guignol. En trente-six ans d'existence, il avait fini par apprendre à se faire oublier, à devenir invisible pour ne plus déclencher les rires et les railleries qui ne manquaient pas de fuser dès lors qu'on l'avait repéré. N'être ni beau, ni laid, ni gros, ni maigre. Juste une vague silhouette entraperçue en bordure du champ de vision. Se fondre dans le paysage jusqu'à se renier soi-même pour rester un ailleurs jamais visité. Pendant toutes ces années, Guylain Vignolles avait passé son temps à ne plus exister tout simplement, sauf ici, sur ce quai de gare sinistre qu'il foulait tous les matins de la semaine. Tous les jours à la même heure, il y attendait son RER, les deux pieds posés sur la ligne blanche qui délimitait la zone à ne pas franchir au risque de tomber sur la voie. Cette ligne insignifiante tracée sur le béton possédait l'étrange faculté de l'apaiser. Ici, les odeurs de charnier qui flottaient perpétuellement dans sa tête s'évaporaient comme par magie. Et pendant les quelques minutes qui le séparaient de l'arrivée de la rame, il la piétinait comme pour se fondre en elle, bien conscient qu'il ne s'agissait là que d'un sursis illusoire, que le seul moyen de fuir la barbarie qui l'attendait là-bas, derrière l'horizon, aurait été de quitter cette ligne sur laquelle il se dandinait bêtement d'un pied sur l'autre et de rentrer chez lui. Oui, il aurait suffi de renoncer, tout simplement, de retrouver son lit et de se lover dans l'empreinte encore tiède que son corps avait laissée pendant la nuit. Dormir pour fuir. Mais au final, le jeune homme se résignait toujours à rester sur la ligne blanche, à écouter la petite foule des habitués s'agglutiner derrière lui tandis que les regards se déposaient sur sa nuque en une légère brûlure qui venait lui rappeler qu'il était encore vivant. Au fil des ans, les autres usagers avaient fini par faire preuve envers lui de ce genre de respect indulgent que l'on réserve aux doux dingues. Guylain était une respiration qui, durant les vingt minutes que durait le voyage, les arrachait pour un temps à la monotonie des jours.

2

La rame vint s'immobiliser contre le quai en crissant de tous ses freins. Guylain s'arracha à la ligne blanche et escalada le marchepied. L'étroit strapontin à droite de la porte l'attendait. Il préférait la dureté de l'abattant orangé au moelleux des banquettes. Avec le temps, le strapontin avait fini par faire partie du rituel. L'acte d'abaisser son assise avait quelque chose de symbolique qui le rassurait. Alors que le wagon s'ébranlait, il tira de la serviette de cuir qui ne le quittait jamais la chemise cartonnée. Il l'entrouvrit avec précaution et exhuma d'entre les deux buvards rose bonbon qui s'y trouvaient un premier feuillet. La pelure à demi déchirée et rognée dans son angle supérieur gauche pendouillait entre ses doigts. C'était une page de livre, format 13×20. Le jeune homme l'examina un temps avant de la reposer sur le papier buvard. Peu à peu, le silence se fit dans la rame. Parfois des « chut » réprobateurs retentissaient pour faire taire les quelques conversations qui peinaient à s'éteindre. Alors, comme tous les matins, après un dernier raclement de gorge, Guylain se mit à lire à haute voix :

« Paralysé et muet de stupeur, l'enfant n'avait d'yeux que pour l'animal pantelant accroché à la porte de la grange. L'homme approcha sa main de la gorge palpitante de vie. La lame effilée s'enfonça sans bruit dans le duvet blanc et un geyser chaud jaillit de la plaie, éclaboussant le poignet de gouttelettes vermillon. Le père, manches retroussées jusqu'aux coudes, entailla la fourrure en quelques gestes précis. Puis, de ses puissantes mains, il tira lentement sur le pelage qui se mit à glisser comme une vulgaire chaussette. Apparut alors dans toute sa nudité le corps fin et musculeux du lapin, encore tout fumant de sa vie achevée. La tête pendouillait, laide et décharnée, avec les deux yeux globuleux qui fixaient le néant sans même un soupçon de reproche. »

Tandis que le jour naissant venait s'écraser sur les vitres embuées, le texte s'écoulait de sa bouche en un long filet de syllabes, entrecoupé çà et là de silences dans lesquels s'engouffrait le bruit du train en marche. Pour tous les voyageurs présents dans la rame, il était le liseur, ce type étrange qui, tous les jours de la semaine, parcourait à haute et intelligible voix les quelques pages tirées de sa serviette. Il s'agissait de fragments de livres sans aucun rapport les uns avec les autres. Un extrait de recette de cuisine pouvait côtoyer la page 48 du dernier Goncourt, un paragraphe de roman policier succéder à une page de livre d'histoire. Peu importait le fond pour Guylain. Seul l'acte de lire revêtait de l'importance à ses yeux. Il débitait les textes avec une même application acharnée. Et à chaque fois, la magie opérait. Les mots en quittant ses lèvres emportaient avec eux un peu de cet écœurement qui l'étouffait à l'approche de l'usine :

« Enfin, la lame du couteau ouvrit la porte du mystère. D'une longue incision, le père évida l'abdomen de la bête qui vomit des entrailles fumantes. Le chapelet de viscères s'échappa, comme impatient de quitter cette poitrine dans laquelle il se trouvait confiné. Il ne resta plus du lapin qu'un petit corps sanglant emmailloté dans un torchon de cuisine. Les jours qui suivirent, un nouveau lapin fit son apparition. Une autre boule de fourrure blanche qui sautillait dans la chaleur du clapier, avec ces mêmes yeux couleur sang qui contemplaient l'enfant par-delà le royaume des morts. »

Sans même relever la tête, Guylain saisit avec soin un deuxième feuillet :

« Instinctivement, les hommes avaient plongé face contre terre, avec le désir farouche de s'enfouir, s'enfouir toujours plus profondément dans le sein de cette terre protectrice. Certains creusaient l'humus de leurs mains nues, tels des chiens fous. D'autres, roulés en boule, offraient leurs échines fragiles aux fragments mortels qui fusaient de toutes parts. Tous s'étaient tassés sur eux-mêmes dans un réflexe issu de la nuit des temps. Tous sauf Josef, Josef qui était resté debout au milieu du chaos et qui dans un geste insensé avait enlacé le tronc du grand bouleau blanc qui lui faisait face. De par les fentes qui zébraient son tronc, l'arbre suintait une résine épaisse, de grosses larmes de sèves qui venaient perler à la surface de l'écorce avant de s'écouler lentement. L'arbre se vidait, tout comme Josef dont l'urine brûlante vint ruisseler le long de ses cuisses. À chaque nouvelle explosion, le bouleau frissonnait contre sa joue, tremblait entre ses bras. »

Le jeune homme éplucha des yeux la douzaine de feuillets exhumés de sa serviette jusqu'à ce que le RER arrive en gare. Tandis que s'évanouissait sur son palais l'empreinte des derniers mots prononcés, il contempla pour la première fois depuis son entrée dans la rame les autres voyageurs. Comme souvent, il découvrit sur les visages de la déception, voire de la tristesse. Ça ne dura que le temps d'un ébrouement. Le wagon se vida rapidement. Il se leva à son tour. Le strapontin émit un claquement sec en se repliant sur lui-même. Clap de fin. Une femme entre deux âges lui glissa un merci discret à l'oreille. Guylain lui sourit. Comment leur expliquer qu'il ne faisait pas ça pour eux ? Il quitta avec résignation la tiédeur du wagon, abandonnant derrière lui les pages du jour. Il aimait les savoir là, douillettement glissées entre l'assise et le dossier du strapontin, loin du fracas destructeur auquel elles avaient échappé. Dehors, la pluie avait redoublé de violence. Comme à chaque fois à l'approche de l'usine, la voix rocailleuse du vieux Giuseppe retentit dans son crâne. « T'es pas fait pour ça, petit. Tu ne le sais pas encore, mais t'es pas fait pour ça ! » Il savait de quoi il parlait le vieux, lui qui n'avait rien trouvé de mieux que le rouge étoilé pour se donner le courage de continuer. Guylain ne l'avait pas écouté, croyant naïvement que la routine finirait par tout arranger. Qu'elle allait lui envahir l'existence comme un brouillard d'automne et lui anesthésier les pensées. Mais malgré les ans, la nausée revenait toujours à l'assaut de sa gorge à la vue de l'immense mur d'enceinte sale et décrépi. Derrière, se terrait la Chose, bien à l'abri des regards. La Chose qui l'attendait.

3

Le portillon couina désagréablement à ses oreilles lorsqu'il le poussa pour pénétrer dans l'enceinte de l'usine. Le grincement arracha le gardien à sa lecture. À force d'effeuillages répétés, la réédition de 1936 du *Britannicus* de Racine qu'il tenait entre les mains ressemblait à un oiseau blessé. Guylain se demandait s'il arrivait parfois à Yvon Grimbert de quitter sa guérite. Le bonhomme semblait se foutre royalement de l'inconfort de cette guitoune de trois mètres sur deux ouverte à tous les vents, pourvu que la grosse caisse de plastique où étaient entreposés ses bouquins fût toujours avec lui. À 59 ans, le théâtre classique était le seul véritable amour de sa vie et il n'était pas rare, entre deux arrivages, de le voir se glisser dans la peau d'un Don Diègue ou se draper le buste dans la toge d'un Pyrrhus imaginaire, ses grands bras balayant l'air de son abri exigu, quittant le temps d'une tirade enflammée ce rôle sans gloire pour lequel on le payait une misère et qui consistait à actionner la montée ou la descente de la barrière rouge et blanche qui fermait l'entrée de l'usine. Toujours tiré à quatre épingles, l'homme prenait un soin tout particulier à entretenir la moustache qui ornait d'un trait mince sa lèvre supérieure, ne manquant jamais l'occasion de citer le grand Cyrano : « Oui tous les mots sont fins, quand la moustache est fine ! » Du jour où il avait découvert l'alexandrin, Yvon Grimbert en était aussitôt tombé amoureux. Servir avec ferveur et fidélité le vers de douze pieds était devenu sa seule mission sur Terre. Guylain aimait Yvon pour sa folie. Pour ça et peut-être aussi parce qu'il était l'un des rares à ne pas avoir succombé à la tentation de l'appeler Vilain Guignol. « Bonjour Yvon.

— Bonjour, petit. » Comme Giuseppe, lui non plus n'était jamais parvenu à le désigner autrement que par ce substantif. « Le gros et le con sont déjà là. » Yvon les lui servait toujours dans cet ordre et pas autrement. Le gros avant le con. Lorsqu'il ne parlait pas en alexandrins, le gardien faisait des phrases courtes, non pas qu'il fût avare de mots mais il préférait réserver sa voix à la seule chose qui en valût vraiment la peine à ses yeux : le douze pieds. Tandis que Guylain s'éloignait en direction de l'immense hangar de tôle, Yvon lança dans son sillage deux vers de sa composition :

L'averse se précipite, soudaine et mystérieuse,
Cognant sur ma guérite en une grêle nerveuse.

La Chose était là, massive et menaçante, posée en plein centre de l'usine. En plus de quinze ans de métier, Guylain n'avait jamais pu se résoudre à l'appeler par son véritable nom, comme si le simple fait de la nommer eût été faire preuve envers elle de reconnaissance, une sorte d'acceptation tacite qu'il ne voulait en aucun cas. Ne jamais la nommer, c'était là l'ultime rempart qu'il était parvenu à ériger entre elle et lui pour ne pas définitivement lui vendre son âme. La Chose devrait se satisfaire de son corps et de son corps seulement. Le nom gravé à même l'acier du mastodonte dégageait des relents de mort imminente : Zerstor 500, du verbe *zerstören* qui signifiait détruire dans la belle langue de Goethe. La Zerstor Fünf Hundert était une monstruosité de près de onze tonnes sortie des ateliers de la Krafft GmbH en 1986, au sud de la Ruhr. La première fois que Guylain l'avait vue, la couleur vert-de-gris de sa coque de métal ne l'avait pas vraiment étonné. Quoi de plus normal que ce coloris guerrier pour une machine dont la seule fonction était d'anéantir ? Au premier abord, on pouvait croire à une cabine de peinture ou un gros générateur, voire, comble de l'absurde, à une volumineuse rotative d'imprimerie. La seule prétention apparente de la Chose semblait être la laideur. Mais ce n'était que la partie visible de l'iceberg. Au milieu de la grisaille du sol bétonné, la gueule béante dessinait un rectangle sombre de quatre mètres sur trois qui s'ouvrait sur le mystère. Là, à l'abri des ténèbres, tout au fond d'un énorme entonnoir en inox, se trouvait la terrible machinerie, un mécanisme sans lequel l'usine n'eût été rien d'autre qu'un entrepôt inutile. Côté technique, la Zerstor 500 tirait son nom savant des cinq cents marteaux gros comme des poings d'hommes disposés en quinconce sur les deux cylindres horizontaux qui couvraient toute la largeur de la fosse. À cela, s'ajoutaient les six cents couteaux en acier inoxydable répartis sur trois axes et tournant à la vitesse de huit cents tours minute. De part et d'autre de cet enfer, une vingtaine de buses formaient une haie d'honneur qui envoyait sans discontinuer une eau à cent vingt degrés sous trois cents bars de pression. Plus loin, les quatre bras puissants du malaxeur reposaient dans leur écrin en inox. Enfin, encagé dans sa prison de fer, le monstrueux moteur diesel de près de mille chevaux donnait vie à l'ensemble. La Chose était née pour broyer, aplatir, piler, écrabouiller, déchirer, hacher, lacérer, déchiqueter, malaxer, pétrir, ébouillanter. Mais la meilleure définition qu'il eût jamais entendue restait celle que le vieux Giuseppe se plaisait à gueuler lorsque le mauvais vin qu'il ingurgitait à longueur de journée n'avait pas suffi à éteindre la haine viscérale qu'il avait emmagasinée au fil des ans envers la Zerstor 500 : ça génocide !

4

L'ambiance de salle de bal vide qui régnait dans l'usine à cette heure du jour glaçait le sang. Il ne subsistait plus aucune trace de ce qui s'était déroulé en ces lieux la journée précédente. Pas plus que l'on ne pouvait déceler le moindre signe avant-coureur de la fureur et du bruit qui allaient s'abattre entre les murs dans les minutes à venir. Ne pas laisser d'indices. C'était l'une des obsessions de Félix Kowalski. Soir après soir, le chef faisait nettoyer la scène de crime pour que celui-ci restât parfait. Un crime répété à l'infini tous les jours de l'année, sauf week-ends et jours fériés.

Guylain traversa le hangar d'un pas traînant. Brunner l'attendait. Le jeune homme dans sa salopette toujours impeccable était appuyé nonchalamment contre le tableau de commande de la Chose. Bras croisés sur le torse, il accueillit Guylain avec, comme à chaque fois, ce drôle de sourire à peine dessiné sur les lèvres. Jamais un mot de bienvenue, jamais un geste, non, juste ce sourire plein d'arrogance qu'il lui balançait du haut de ses 25 ans et de son mètre quatre-vingt-cinq. Brunner passait son temps à asséner ses vérités à qui voulait l'entendre : les fonctionnaires étaient tous des gauchistes fainéants, les femmes juste bonnes à servir leur mari, entendez par là à s'occuper de leur cuisine le jour et à se faire engrosser le soir venu, les gnoules (raccourci du terme bougnoules qu'il vomissait plus qu'il ne prononçait) passaient leur temps à manger le pain des Français. Sans oublier les pleins de pognon, les RMistes, les politicards véreux, les automobilistes du dimanche, les drogués, les pédés, les pédés drogués, les handicapés, les prostituées. Le gaillard avait un avis sur tout, un avis bien arrêté que Guylain n'essayait plus depuis longtemps de contrarier. Il s'était un temps usé la rhétorique à tenter de lui expliquer que tout n'était pas aussi simple, qu'entre le blanc et le noir, il existait toute une palette de nuances, du gris le plus clair au plus foncé. En vain. Guylain avait fini par se faire à l'idée que Brunner était un abruti irrécupérable. Irrécupérable et dangereux. Lucien Brunner maîtrisait à merveille cet art qui consistait à se foutre royalement de votre gueule tout en vous faisant des courbettes. Il émanait de ses « Monsieur

Vignolles » empreints de condescendance un dédain sourd. Brunner était un serpent de la pire espèce, un cobra prêt à mordre au moindre faux pas que Guylain s'efforçait sans cesse de maintenir à distance, hors de portée de crochets. Pour couronner le tout, ce con adorait son boulot de bourreau. « Eh ! monsieur Vignolles, vous me laissez faire la mise en route aujourd'hui ? »

Guylain jubila intérieurement. Non, Môssieur Vignolles n'allait pas le laisser faire la mise en route aujourd'hui. Pas plus que demain ni les autres jours ! Môssieur Vignolles n'était pas prêt à lui offrir ce plaisir incommensurable qui résidait dans ce seul acte de foutre en route cette saloperie d'unité de transformation ! « Non, Brunner. Vous savez très bien que ça n'est pas possible tant que vous n'avez pas acquis toutes les certifications. » Guylain adorait cette phrase qu'il lui débitait sur le ton de la compassion, même s'il attendait avec angoisse le jour où ce débile lui exposerait sous le nez le permis convoité. Ce jour-là ne saurait tarder et alors il lui faudrait céder. Il ne se passait pas une semaine sans que Brunner relance Kowalski sur le sujet pour que le gros appuie sa demande auprès de la direction. Dès qu'il le pouvait, ce faux jeton lui collait aux basques en lui balançant des « Monsieur Kowalski » par-ci, des « Chef » par-là, ne manquant jamais une occasion de pointer sa face de furet au bureau pour lui lécher les bottes. Un pique-bœuf sur le dos d'un buffle. Et l'autre adorait ça. Ça lui flattait l'ego, Kowalski, tout ce cinéma. En attendant, Guylain s'abritait derrière le règlement pour sermonner Brunner, avec toujours cette impression fugace de titiller un cobra du bout de son bâton. Pas de certification, pas touche au bouton !

« Putain, Vignolles, vous attendez quoi pour foutre en route, qu'il arrête de pleuvoir ? » Kowalski qui l'avait aperçu du haut de sa tour d'ivoire avait jailli de son bureau pour venir lui aboyer dessus de sa voix de fausset. Son antre vitré se trouvait à près de dix mètres du sol, suspendu sous le toit de l'usine. De là-haut, Kowalski voyait tout, tel un petit dieu à l'écoute de son royaume. La moindre alerte, le plus infime faux pas et le voilà qui sortait sur le pont pour gueuler ses ordres ou faire pleuvoir les réprimandes. Et s'il jugeait que ça ne suffisait pas comme dans le cas présent, il se pointait en cascadant la trentaine de marches métalliques qui accueillaient son quintal de graisse en couinant de protestation.

« Nom de dieu, Vignolles, bougez-vous ! Il y a déjà trois semi en attente dans la rue. » Félix Kowalski ne parlait pas. Il aboyait, hurlait, beuglait, invectivait, rugissait mais il n'avait jamais su causer normalement. C'était plus fort que lui. Il ne commençait jamais sa journée sans déverser une volée d'aboiements sur la première personne qui passait à portée de voix, comme si la méchanceté accumulée en lui pendant la nuit devait sortir de sa bouche à tout prix avant qu'elle ne l'étouffe. Cette première personne, c'était souvent Guylain. Brunner, qui était con mais pas aveugle et sourd pour autant, avait vite compris le manège du chef et restait le plus souvent planqué derrière le boîtier de commande de la Zerstor. Les gueulantes du gros ne lui faisaient plus ni chaud ni froid, à Guylain. Ça durait rarement plus d'une minute. Il suffisait de faire la tortue, le temps que passe le tsunami. Rentrer la tête et attendre que Kowalski ait terminé de brasser l'air en éructant au milieu des effluves de sueur aigre. Oh ! il lui arrivait bien quelquefois d'avoir envie de regimber, de crier à l'injustice. Faire remarquer à ce ventripotent haineux que la grande aiguille de l'horloge accrochée au-dessus de la porte des vestiaires, la seule valable aux yeux de Kowalski, se trouvant à plus de dix minutes de la verticalité, il ne méritait en rien ses invectives infondées, étant donné que l'heure de prise de service indiquée sur son contrat de travail était 7 heures pétantes et non pas 6 h 50 ! Mais il préférait se taire. C'était la meilleure solution : fermer sa gueule et tourner les talons en direction des vestiaires sans même attendre qu'il ait fini de se vider de toute cette logorrhée mauvaise qui lui sortait de la bouche et qui venait d'on ne savait où.

Guylain ouvrit son armoire métallique. L'inscription en lettres blanches floquée sur le dos de la combinaison semblait luire dans l'obscurité. STERN. Cinq lettres pour Société de traitement et de recyclage naturel. Quand il en parlait, Brunner y ajoutait toujours le mot *Company.* La STERN *Company.* Il trouvait que ça faisait plus classe. Le logo représentait la silhouette d'une belle sterne arctique, une bestiole qui passait le plus clair de son temps à chercher des étés et qui, du coup, volait près de huit mois par an lancée dans une course permanente au soleil sans jamais prendre le temps de se poser. Brunner qui s'y connaissait autant en ornithologie qu'en théologie ne voyait dans cette silhouette d'oiseau qu'une hirondelle. Guylain n'avait jamais voulu le contrarier sur ce sujet-là non plus. Il glissa ses cinquante-huit kilos dans la salopette, referma la porte de son casier et prit une profonde inspiration. La Chose attendait sa pâtée.

5

Guylain répugnait à soulever le capot du tableau de commande de la Zerstor 500. Comme souvent, il éprouva la sensation désagréable de sentir la tôle vibrer sous ses doigts alors que rien ne pouvait l'expliquer, comme si la Chose, bien vivante, trépignait d'impatience à l'idée de commencer sa journée. Dans ces moments-là, il laissait les automatismes prendre le dessus. Se cantonner dans ce rôle d'opérateur en chef pour lequel on le payait gracieusement mille huit cent quarante euros tous les mois, prime de panier comprise. Énumérer à haute voix toutes les lignes de la *check-list* tandis que Brunner passait d'un point de contrôle à un autre, virevoltant au gré des pièces énoncées. Avant de déverrouiller la trappe qui fermait la base de l'entonnoir, Guylain jeta un dernier coup d'œil dans la gueule béante, histoire de vérifier qu'aucun animal n'avait eu la mauvaise idée de jouer les intrépides. Les rats étaient devenus un vrai problème. L'odeur les rendait fous. L'entonnoir les attirait comme le cône odorant d'une plante carnivore attire les mouches. Et il n'était pas rare d'en trouver un plus gourmand que ses congénères coincé au fond du trou. Quand il en découvrait un, Guylain allait chercher l'épuisette entreposée dans les vestiaires et tirait la bestiole du mauvais pas dans lequel elle s'était fourrée. Ils ne demandaient jamais leur reste et détalaient fissa vers le fond de l'usine pour disparaître de leur vue. Guylain n'aimait pas particulièrement les rongeurs. La motivation qui l'animait résidait essentiellement dans le fait de priver la Zerstor d'un morceau de viande. Elle en était friande, il en était sûr, de ces petits corps hurlants et gesticulants qu'elle broyait comme de vulgaires amuse-gueules quand elle parvenait à en choper un. Comme il était persuadé qu'elle ne se ferait pas prier pour lui dévorer les mains jusqu'aux poignets si l'occasion se présentait. Depuis Giuseppe et l'accident, Guylain avait bien compris que la chair de rat ne suffisait pas toujours à la Chose.

Après avoir amorcé la pompe et basculé les interrupteurs sur la position *ON*, il écrasa du pouce le bouton vert sur lequel Brunner rêvait un jour d'appuyer. Guylain compta jusqu'à cinq puis relâcha la pression. Il fallait toujours compter jusqu'à cinq, ni plus, ni moins. Trop court, ça ne partait pas, trop long, et vous noyiez l'ensemble. L'enfer se méritait. Du haut de sa passerelle de capitaine au long cours, Kowalski ne perdait pas une miette de ses faits et gestes. Le bouton clignota une dizaine de secondes avant de briller de tous ses feux. D'abord, il ne se passa rien. À peine un tressaillement du sol lorsque la Chose lança un premier hoquet de protestation. Le réveil était toujours laborieux. Elle rotait, crachotait, paraissait rechigner à s'élancer mais une fois la première gorgée de fioul passée, la Chose se mettait en branle. Monta d'abord du sol un grondement sourd suivi aussitôt d'une première vibration qui partit à l'assaut des jambes de Guylain avant de traverser son corps tout entier. Bientôt, le hangar se mit à trembler du sol au plafond au rythme des coups de boutoir du puissant moteur diesel. Le casque antibruit vissé à ses oreilles peinait à filtrer le fracas de l'enfer qui se déchaînait. Plus bas dans le ventre de la Zerstor, les marteaux s'activèrent et s'entrechoquèrent, fer contre fer, dans un bruit de fin du monde. Plus loin, les couteaux s'agitèrent avec frénésie, scintillant de toutes leurs lames dans les profondeurs ténébreuses. Un sifflement strident s'éleva du trou lorsque l'eau jaillit des buses, suivi presque aussitôt d'une colonne de vapeur qui s'en alla caresser le toit de l'usine. La fosse exhalait des relents de papier moisi. La Chose avait faim.

Guylain invita du bras le premier camion à présenter son cul devant le quai de déchargement. Le trente-huit tonnes manœuvra en piaffant de tous ses chevaux et bascula sa benne. L'avalanche de livres cascada sur le parterre bétonné dans un nuage de poussière grise. Assis aux commandes du bulldozer, Brunner qui bouillait d'impatience entra aussitôt en action. Derrière le pare-brise sale du bull, ses yeux luisaient d'excitation. L'énorme lame vint balayer la montagne de bouquins pour la précipiter dans le néant. L'inox du déversoir disparut sous le flot de livres. Les premières bouchées étaient toujours délicates. La Zerstor était une ogresse qui avait ses humeurs. Il arrivait parfois qu'elle s'engorgeât, victime de sa propre voracité. Elle calait alors bêtement en pleine mastication, la gueule remplie à ras bord. Il fallait alors près d'une heure pour vider l'entonnoir, désenclaver les cylindres des trop nombreux livres déjà prisonniers des marteaux, désengorger un à un tous les rouages avant de réamorcer la pompe. Une heure pour Guylain à se contorsionner dans les entrailles puantes, à suer toute l'eau de son corps et à subir les invectives d'un Kowalski plus énervé que jamais dans ces moments-là. La Chose ce matin s'était levée du bon piston. Elle happa et engloutit sa première ration d'ouvrages sans le moindre hoquet. Les marteaux, trop heureux de croquer autre chose que du vide, s'en donnèrent à cœur joie. Même les échines les plus nobles, les reliures les plus solides se retrouvèrent broyées en quelques secondes. Par milliers, les ouvrages disparurent dans l'estomac de la Chose. La pluie brûlante que crachaient sans relâche les buses de part et d'autre du trou rabattait vers le fond de l'entonnoir les rares feuilles volages qui tentaient de s'en échapper. Plus loin, les six cents couteaux prirent le relais. Leurs lames affûtées réduisirent ce qui restait des feuilles de papier en fines lamelles. Les quatre grands malaxeurs terminèrent le travail en transformant le tout en une mélasse épaisse. Plus aucune trace ne subsista des livres qui gisaient encore quelques minutes auparavant sur le sol du hangar. Il n'y avait plus que cette charpie grise que la Chose expulsait dans son dos sous la forme de gros étrons fumants qui tombaient dans les bacs en émettant d'affreux bruits humides. Cette pâte à papier grossière servirait un jour prochain à fabriquer d'autres livres dont un certain nombre ne manqueraient pas de finir à nouveau ici, entre les mâchoires de la Zerstor 500. La Chose était une absurdité qui mangeait avec une gloutonnerie abjecte sa propre merde. Souvent, à la vue de cette boue épaisse que chiait sans discontinuer la machine, Guylain repensait à cette phrase que le vieux Giuseppe lui avait sortie du haut de ses trois grammes quelques jours à peine avant le drame : « N'oublie jamais ça, petit : on est à l'édition ce que le trou du cul est à la digestion, rien d'autre ! »

Déjà, un second camion vint décharger sa benne. La Chose lança un chapelet de rots acides par sa gueule béante, mordant le vide de tous ses marteaux. Ultimes reliefs du repas précédent, quelques pages déchiquetées et gorgées d'eau pendouillaient au milieu des rouages comme de vulgaires lambeaux de peau. À grands coups d'accélérateurs rageurs, Brunner partit à l'assaut de la nouvelle colline de livres, la langue posée au coin des lèvres.

6

La guérite du gardien constituait une île sur laquelle Guylain aimait venir s'échouer à la pause de midi. Contrairement à Brunner qui la ramenait à propos de tout et de rien, Yvon pouvait rester de longues minutes sans dire un mot, tout entier accaparé par ses lectures. Ses silences étaient pleins. Guylain pouvait s'y glisser comme dans un bain tiède. À ses côtés, son sandwich perdait un peu de cet arrière-goût de carton bouilli qui se dégageait de tout ce qu'il avalait depuis qu'il travaillait ici. Yvon lui demandait parfois de lui donner la réplique. « Un mur, lui avait-il expliqué la première fois. J'ai juste besoin d'un mur sur lequel faire rebondir mes tirades. » Guylain se prêtait volontiers au jeu, récitant du mieux qu'il pouvait des textes auxquels il ne comprenait pas toujours grand-chose, changeant parfois de sexe, le temps d'incarner une Andromaque, une Bérénice, voire une Iphigénie tandis qu'un Yvon

Grimbert au sommet de son art déclamait à tue-tête du Pyrrhus, Titus et autre Agamemnon de sa composition. Le gardien ne mangeait pas, se contentant de ses vers de douze pieds et de rien d'autre, des vers qu'il faisait descendre à l'aide de ce thé noir dont il était friand et qu'il avalait par Thermos entières à longueur de journée.

Le camion s'échoua dans un grand souffle de baleine fatiguée à quelques centimètres de la barrière abaissée. Yvon délaissa Don Rodrigue et Chimène le temps de constater que l'heure des arrivages était dépassée avant de se replonger dans l'acte III, scène 4. La réglementation stipulait que, pour le repos des riverains, la STERN devait stopper toute activité entre 12 heures et 13 h 30, règle qui incluait également l'arrêt temporaire du va-et-vient des camions chargés d'alimenter la Chose. Les chauffeurs le savaient tous et ceux qui arrivaient après l'heure légale en étaient souvent quittes pour garer leur bahut dans la rue en attendant la reprise des activités. Seuls quelques rares téméraires comme aujourd'hui tentaient parfois de passer outre le règlement et essayaient de forcer le passage. Fort de la toute-puissance de son trente-huit tonnes, le chauffeur klaxonna et aboya son impatience par la vitre abaissée de la portière : « C'est pour aujourd'hui ou pour demain ? » Devant l'impassibilité du gardien, le type descendit de son bahut et s'approcha de la guérite d'un pas nerveux. « Eh oh ! t'es sourd ou quoi ? » Sans quitter des yeux le livre ouvert devant lui, Yvon leva la main, paume en avant, afin de signifier à l'autre que son attention était pour le moment occupée à tout autre chose qu'à écouter le tutoiement dédaigneux d'un chauffeur livreur au bord de l'hystérie. Guylain avait toujours vu Yvon appliquer ce principe qui consistait à ne jamais abandonner une phrase en cours de lecture, quelle qu'en fût la cause ou la raison. « Ne pas lâcher le fil du Verbe, petit ! Aller à son terme, glisser le long de la tirade jusqu'à ce qu'enfin le point final te libère ! » Tapotant de ses doigts nerveux sur la vitre, le type reprit plus méprisant que jamais : « Il va se décider quand, à la bouger sa barrière ? »

Un nouveau, pensa Guylain. Seul un nouveau pouvait se permettre une telle liberté de ton avec Yvon Grimbert ! Après avoir glissé un marque-page dans son édition du *Cid* de 1953, Yvon indiqua à Guylain le coffret entreposé sur l'étagère qui courait le long de la guérite. Il y avait là, précieusement conservées, des années de versifications de son invention. La caisse sur ses genoux, le gardien passa en revue le répertoire à sa disposition devant le regard courroucé du chauffeur. La moustache frémissante de contentement, Yvon se saisit de la fiche n° 24 intitulée *Retards et châtiments.* Tout en réajustant sa cravate d'une main experte, il jeta un bref coup d'œil au texte, le temps de s'imprégner du rôle. Il lissa du plat de la main sa chevelure argentée, s'éclaircit la voix d'un ultime raclement de gorge. Alors, Yvon Grimbert, ancien élève du cours Alphonse Daubin de Saint-Michel-sur-l'Ognon, promotion de 1970, abonné au Français depuis 1976, tira une première salve :

Il est passé midi, voyez la grande horloge.
Déjà sur la demie, la grande aiguille se loge !
Quittez cette arrogance, rengainez ce dédain,
Il reste une petite chance que je vous ouvre enfin.

L'hébétude qui se dessinait sur le visage du chauffeur avait balayé toute trace de colère. Son menton persillé d'une barbe naissante s'affaissa au fur et à mesure qu'Yvon scandait le quatrain de sa voix puissante. Guylain sourit. C'était bien un nouveau. Ça leur faisait souvent ça la première fois. L'alexandrin les prenait de court. Les rimes leur tombaient dessus, les asphyxiant aussi sûrement qu'une volée de coups portée en plein plexus. « C'est droit comme une épée, un alexandrin, lui avait un jour expliqué Yvon, c'est né pour toucher au but, à condition de bien le servir. Ne pas le délivrer comme de la vulgaire prose. Ça se débite debout. Allonger la colonne d'air pour donner souffle aux mots. Il faut l'égrener de ses syllabes avec passion et flamboyance, le déclamer comme on fait l'amour, à grands coups d'hémistiches, au rythme de la césure. Ça vous pose son comédien, l'alexandrin. Et pas de place pour l'improvisation. On ne peut pas tricher avec un vers de douze pieds, petit. » À 59 ans, Yvon était passé maître dans l'art de les décocher. Déployant son mètre quatre-vingt-cinq, le gardien était sorti de sa guérite :

Nombreux sont les livreurs qui affrontent mon courroux.
Arrivez donc à l'heure et vous me verrez doux.
Livrez ce chargement, quittez cet air hagard,
Effacez le tourment qu'a causé ce retard.

Tâchez à l'avenir de respecter l'horaire,
Ne laissez pas tarir ma patience légendaire.
Quelle que soit l'heure passée, il n'est plus grand outrage
Que de réceptionner un nouvel arrivage.

Gardez-vous pour toujours de réveiller mes nerfs,
Sous les plus beaux atours, se cache souvent mégère.
Si je suis serviteur je n'en reste pas moins
Concernant ce secteur maître de vos destins !

L'inquiétude avait pris possession du camionneur. Il n'avait plus soudain devant les yeux Yvon

Grimbert, insignifiant gardien d'usine, mais le grand prêtre tout-puissant du temple. Sous la moustache grisonnante, les lèvres écarlates s'activaient pour délivrer sans trembler les phrases assassines. Le type entama un repli prudent sur la pointe de ses santiags et regagna la cabine de son Volvo à l'abri de l'avalanche de rimes. Yvon le poursuivit. Debout sur le marchepied, il balança dans l'habitacle de pleins paquets de vers tandis que le jeune homme au bord de la panique s'échinait à remonter la vitre à grands coups de moulinets nerveux.

Lorsqu'on est aux abois, pas mieux qu'un mastodonte
Pour cacher son émoi et étouffer sa honte !
Si vous voulez faire taire le langage des muses
Abandonnez cet air et livrez vos excuses !

Vaincu, la tête penchée sur le volant en guise de soumission, le type ânonna une série de mots mâchouillés qui ressemblaient à des regrets. Tandis qu'il rejoignait son abri vitré, Yvon lança dans les airs un ultime quatrain :

Je m'en vais dans l'instant lever cette barrière,
Laisser tout doucement retomber ma colère.
Avancez ce camion, videz son chargement.
Que vive le pilon encore un long moment.

Joignant le geste à la parole, Yvon libéra le mastodonte qui s'ébroua dans un nuage de gaz d'échappement. Guylain abandonna un temps son ami versificateur, histoire de veiller au bon déroulement du déchargement. Encore choqué, le chauffeur dégueula sa cargaison à moitié sur le quai, à moitié sur le parking. Son papier tamponné, le type s'en retourna, trop heureux de voir la barrière s'élever sans avoir à subir les assauts d'un Yvon Grimbert déjà reparti dans son royaume de Castille à guetter l'arrivée des Maures aux côtés de Chimène.

7

L'heure du nettoyage tant redoutée par Guylain était arrivée. Se faire avaler tout entier par la Chose pour curer ses entrailles n'était jamais chose facile. Il lui fallait chaque soir se faire violence pour descendre dans la fosse mais c'était le prix à payer pour pouvoir commettre son forfait en toute impunité. Depuis que Kowalski avait placé des caméras de surveillance aux quatre coins de l'usine, Guylain ne pouvait plus effectuer de prélèvements aussi facilement qu'avant. L'accident de Giuseppe avait donné au chef le prétexte d'équiper toute l'usine de six caméras numériques ultramodernes, des yeux infatigables qui épiaient tous leurs faits et gestes à longueur de journée. Pour qu'un tel drame ne puisse jamais se reproduire, leur avait affirmé le gros, de la tristesse plein la voix. Une tristesse feinte qui n'avait pas trompé Guylain. Cette enflure de Félix Kowalski n'avait jamais fait preuve d'une once de sentiment envers le vieux Carminetti, ne considérant celui-ci que comme un boulet aviné et improductif. Il avait surtout profité de cette occasion inespérée que lui offrait l'accident de Giuseppe pour mettre en pratique ce qu'il avait toujours rêvé de faire : mater tout son petit monde sans avoir à bouger ses fesses du fauteuil de cuir dans lequel il était vautré du matin au soir. Guylain emmerdait Kowalski et ses caméras de surveillance.

Après avoir mis la Zerstor hors service, il se coula au fond de l'entonnoir. L'image d'un rat paniqué grattant désespérément l'inox de ses pattes griffues lui venait souvent à l'esprit à ce moment-là. Il savait la Chose hors d'état de nuire, le boîtier de commande mis hors tension, l'arrivée de carburant coupée. Guylain ne pouvait cependant pas s'empêcher de rester sur ses gardes, attentif au plus petit début de frémissement, prêt à s'arracher des griffes de la Chose s'il lui prenait soudain l'envie de casser une petite croûte sur son dos. Il déverrouilla l'axe des cylindres avant de se faufiler entre les deux rangées de marteaux. Il lui fallut encore ramper et se contorsionner sur près de deux mètres pour atteindre les roulements inférieurs. Il gueula à Brunner de lui passer la pompe à graisse par la trappe latérale. Son mètre quatre-vingt-cinq interdisait à ce grand échalas l'accès à la machinerie. Ça le faisait rager Brunner, de ne pas pouvoir embarquer à bord du vaisseau, de devoir rester sur le quai à se contenter de tendre la clé de 32, la burette d'huile ou le tuyau d'eau. Guylain alluma sa frontale. C'était là, dans le ventre d'acier encore chaud, que se trouvait la récolte du jour. Elles étaient une dizaine à l'attendre, toujours au même endroit, le seul inaccessible aux jets des buses, entre la paroi en inox et la patte de fixation du dernier axe hérissé de couteaux. Des feuilles volages rabattues par le souffle contre la cloison ruisselante d'eau et qui avaient échoué sur cet éperon de métal qui avait arrêté leur glissade fatale. Giuseppe appelait ça les peaux vives. « Elles sont tout ce qui reste du massacre, petit », lui rappelait-il avec de l'émotion dans la voix. Sans attendre, Guylain entrouvrit la fermeture de sa salopette et glissa la dizaine de pages détrempées sous son tee-shirt. Après avoir graissé un à un les paliers et nettoyé à grande eau le ventre de la Chose, il s'extirpa de sa prison avec, bien au chaud contre son sein, les élues du jour. Comme souvent, le père Kowalski s'était arraché à son fauteuil pour amener son quintal de graisse jusqu'au bord du pigeonnier. Ça le taraudait, cette idée que, pendant plusieurs minutes, son employé restât hors de portée de ses judas. Ses caméras avaient beau clignoter de tous leurs voyants rouges, il ne saurait jamais ce que trafiquait Vignolles dans le ventre de sa Zerstor. Et ce sourire angélique que Guylain lui servait tous les soirs en se rendant à la douche n'était pas pour le rassurer.

Pendant près de dix minutes, Guylain resta sous le jet brûlant. Il n'en pouvait plus de toute cette crasse dans laquelle il baignait tout le jour durant. Il lui fallait se débarrasser coûte que coûte de cette saleté, laver son crime entre ces quatre murs jaunâtres. Il franchit le portillon qui donnait sur la rue avec le sentiment de revenir de l'enfer. Une fois dans le train qui le ramenait au bercail, il les tira à la lumière avant de les coucher délicatement sur les buvards qui allaient les délivrer de toute l'humidité qui gorgeait leurs fibres. Pour que demain, dans cette même rame, les peaux vives s'éteignent enfin tandis qu'il les délivrerait de leurs mots.

8

Guylain ne lisait pas pendant le trajet du retour. Il n'en avait ni la force ni l'envie. Pas plus qu'il ne s'asseyait sur le strapontin orangé. Après avoir couché les peaux vives sur leur buvard et rangé le tout dans la sacoche, il fermait les yeux et laissait la vie revenir doucement en lui tandis que le wagon berçait son corps fatigué. Vingt minutes apaisées avec, d'un côté, cette vie qui refaisait surface tandis que, de l'autre, le ballast qui défilait sous la rame aspirait à lui les humeurs sales du jour.

Au sortir de la gare, Guylain remonta l'avenue sur près d'un kilomètre avant de s'enfoncer dans le dédale des rues piétonnes du centre-ville. Il habitait au n° 48 de l'allée des Charmilles, au troisième et dernier étage d'un immeuble vétuste. Rencogné sous les toits, le studio était d'un confort spartiate. Kitchenette d'un autre âge, salle de bains lilliputienne, linoléum fatigué. Lorsqu'il pleuvait comme aujourd'hui, la fenêtre de toit laissait passer l'eau si le vent l'y aidait. En été, les tuiles buvaient les rayons du soleil de toute leur terre cuite et transformaient les trente-six mètres carrés en fournaise. Et pourtant, chaque soir, le jeune homme retrouvait l'endroit avec un même soulagement, loin de tous les Brunner et Kowalski de la Terre. Avant même d'ôter sa veste, Guylain alla saupoudrer une pincée de nourriture à Rouget de Lisle, le poisson rouge qui partageait son existence et dont le bocal trônait sur la table de chevet. « Désolé si je suis un peu en retard mais le 18 h 48 ce soir aurait dû s'appeler le 19 h 02. Je suis lessivé. Tu ne connais pas ton bonheur mon vieux. Je paierais cher pour prendre ta place, tu sais. »

Il se surprenait de plus en plus souvent à parler ainsi à son poisson. Guylain se plaisait à croire que le carassin l'écoutait, là, suspendu au centre de la sphère, toutes ouïes ouvertes sur le récit de sa journée. Avoir pour confident un poisson rouge impliquait de ne rien attendre d'autre de lui que cette écoute passive et silencieuse, même s'il croyait parfois déceler dans le filet de bulles qui sortait de sa gueule un début de réponse à son questionnement. Rouget de Lisle l'accueillit d'un tour d'honneur avant de gober les paillettes d'aliments qui flottaient à la surface de l'eau. Le téléphone clignotait de tous ses voyants. Comme il s'y attendait, la voix de Giuseppe explosa dans le haut-parleur tandis qu'il interrogeait le répondeur : « Petit ! » Le ton exalté sur lequel le vieux avait prononcé le mot balaya aussitôt toute la honte qui submergeait Guylain lorsqu'il lui arrivait comme maintenant de tromper son vieil ami. Après un long blanc derrière lequel perçait la respiration d'un Giuseppe au bord de la syncope, la voix reprenait, brisée par l'émotion : « Albert vient d'appeler, on en tient un ! Rappelle-moi dès que tu rentres. » L'injonction ne laissait la place à aucune dérobade. Giuseppe décrocha avant même la fin de la première sonnerie. Guylain sourit. Le vieux attendait son appel. Il l'imagina emmitouflé dans l'éternel plaid vert amande qui ne le quittait jamais, le téléphone posé sur ce qui restait de ses jambes, la main crispée sur le combiné. « Ça va faire combien, Giuseppe ?

— *Sette cento cinquantanove* ! »

Sa langue maternelle remontait à la surface lorsqu'une grande colère ou une immense joie comme maintenant le submergeait. Sept cent cinquante-neuf, ça les emmenait où ? s'interrogea Guylain. Au-dessus des chevilles, à mi-mollet ? « Non, je voulais dire, combien de temps depuis la dernière fois ? mentit le jeune homme qui se souvenait parfaitement de la date cerclée de rouge sur le calendrier mural suspendu à la droite du frigo.

— Trois mois et dix-sept jours. C'était le 22 novembre dernier. Ce coup-ci, c'est un de ses contacts qui bosse à la déchetterie de Livry-Gargan qui l'a déniché. Il surnageait au-dessus du tas dans la benne des vieux papiers. C'est la couleur qui lui a attiré l'œil. Il a dit que j'avais bien fait de prendre en photo un exemplaire pour en distribuer aux gars. C'est grâce à ça qu'il l'a reconnu, la couleur. Y en a pas deux des comme ça, qu'il a dit. C'est exactement la même que celle des anciens missels quand il était enfant de chœur. Putain, tu te rends compte. En plus, il est en excellent état d'après lui, à part une légère auréole graisseuse sur l'angle supérieur droit de la quatrième de couverture. »

Guylain se félicita une nouvelle fois d'avoir choisi le bouquiniste comme complice pour mener à bien son entreprise de supercheries, même s'il craignait qu'un jour, le grand Albert du quai de la Tournelle et sa gouaille légendaire rendent le vieux soupçonneux à force de trop en dire. Ne pas oublier de faire une tache de graisse au dos du bouquin, enregistra mentalement Guylain. « Demain, Giuseppe, j'irai le chercher demain, je te promets. Là, je suis trop vanné et en plus, c'est un peu tard pour choper le dernier RER. Demain, on est samedi et j'aurai tout le temps.

— D'accord, petit, demain. De toute façon, Albert le garde précieusement sous le coude. Il t'attend. »

Guylain picora une assiettée de riz du bout des lèvres. Mentir, toujours et encore mentir. Le jeune homme s'endormit en regardant Rouget de Lisle finir sa digestion. À la télé, un journaliste parlait d'une révolution dans un pays lointain et d'un peuple qui n'en finissait pas de mourir.

9

Une négligence coupable, voilà tout ce à quoi l'enquête menée par la STERN avait conclu moins de trois semaines après l'accident. Ni plus ni moins que cette sentence succincte et sans appel. Guylain connaissait la phrase par cœur à force de l'avoir retournée en tous sens : « L'accident regrettable dont a été victime M. Carminetti, opérateur en chef depuis vingt-huit ans à la Société de traitement et de recyclage naturel, est dû à la négligence coupable dudit opérateur sur lequel, par ailleurs, a été relevé un taux d'alcoolémie de plus de deux grammes par litre de sang au moment des faits. » L'alcool, c'était ça qui avait foutu dedans Giuseppe, Guylain en avait la certitude. Les avocats et les spécialistes dépêchés par la STERN n'avaient eu qu'à instruire à charge sans chercher plus loin les véritables causes de tout ce merdier. Tout juste si ces vautours ne lui avaient pas facturé la salopette en lambeaux ainsi que les trois quarts d'heure d'arrêt de la Zerstor. Trois petits quarts d'heure, pas une minute de plus, juste le temps qu'il avait fallu aux pompiers pour dégager un Giuseppe hurlant de douleur et gesticulant dans le fond de la fosse comme un damné au milieu des livres en train de boire son sang, l'esprit tout entier aspiré par les deux puits de souffrance qui avaient pris la place de ses jambes. Il venait de procéder au remplacement d'une des buses latérales et il s'apprêtait à ressortir de l'entonnoir lorsque la Chose lui avait dévoré les membres inférieurs jusqu'à mi-cuisse. Les portières de l'ambulance n'étaient pas encore refermées que Kowalski lui-même relançait la bécane tandis que Guylain vomissait tripes et boyaux, cramponné des deux mains à la cuvette des toilettes. Ce fumier avait redémarré la machine alors que les derniers cris de Giuseppe résonnaient encore dans le hangar. Guylain n'avait jamais pardonné son geste au gros. Une remise en route dans le seul but de terminer à tout prix ce qui avait été commencé, à savoir la transformation en pâte à papier du contenu d'une benne de trente-huit tonnes. Le tout était allé se mélanger dans les entrailles de la Zerstor avec la bouillie informe qui était tout ce qui restait des guiboles de l'opérateur en chef Carminetti. *The show must go on* et paix à ses jambes !

L'alcool n'expliquait pas tout. Guylain avait cru Giuseppe quand celui-ci lui avait juré que les sécurités étaient mises, que, bien sûr, ce jour-là, il avait picolé sa dose de picrate, comme tous les jours que Dieu faisait, mais que jamais il ne serait descendu dans la fosse sans avoir enclenché ces foutues sécurités. Le jeune homme connaissait bien Giuseppe et la défiance qu'il avait toujours eue envers la Chose. « Méfie-toi d'elle, petit ! Elle est vicieuse et pourrait bien un jour faire de nous ce qu'elle fait avec les rats ! » ne cessait-il de lui répéter. Lui aussi avait remarqué. Ils n'en avaient jamais réellement causé entre eux, du problème des rats. Pas facile d'évoquer des choses qui échappaient à la raison. Chacun savait que l'autre savait, c'était tout. Une seule fois, Giuseppe en avait touché un mot à Kowalski. C'était bien longtemps avant le drame. Après avoir découvert un matin une énième victime, Giuseppe était allé trouver le gros pour lui faire part de ses inquiétudes mais il n'y avait pas eu de suite. Le chef avait dû se foutre de sa gueule comme il savait si bien le faire et l'envoyer bouler avec son amabilité coutumière, supposait Guylain. Giuseppe était ressorti du bureau blanc comme un linge, la mine grave. Guylain n'avait rien dit. Il le regrettait encore aujourd'hui. Peut-être que si lui aussi avait ramené sa gueule à ce moment-là, ils auraient étudié la question d'un peu plus près et essayé de comprendre ce qui pouvait bien expliquer la présence sur le petit matin de rats déchiquetés dans le bac collé au cul de la Zerstor 500 alors qu'il n'y avait rien la veille au soir. Guylain avait mené son enquête de son côté, fait le tour de toutes les pistes possibles, éliminant une à une chacune d'elles jusqu'à ce qu'il n'en restât plus qu'une, la plus inacceptable de toutes, la plus improbable et pourtant la seule qui fût valable, à savoir que la Chose était peut-être un peu plus qu'une simple machine et qu'il lui arrivait parfois de se mettre toute seule en marche au beau milieu de la nuit quand l'un de ces fichus rongeurs venait lui trottiner dans le fond du gosier.

Un an après l'accident et suite à des problèmes récurrents de coupures électriques, une révision complète du tableau de commande de la Zerstor avait révélé un problème au niveau de la manette du coupe-circuit. Un contacteur défectueux ne faisait plus correctement son boulot et laissait passer le courant au gré de ses caprices, même lorsque le levier était basculé sur *OFF*. Suite à cela, toutes les sécurités avaient été renforcées et même doublées pour la plupart afin qu'un tel drame ne se reproduise plus. En outre, la direction avait convenu que, peut-être, le dénommé Carminetti, ex-opérateur en chef de la Zerstor 500, avait été victime d'un incident regrettable ayant entraîné la reprise soudaine de l'activité alors qu'il se trouvait malencontreusement dans la fosse à ce moment-là. Grâce à cela, Giuseppe qui s'était déjà fait à l'idée de devoir se contenter du minimum social pour survivre s'était retrouvé indemnisé à hauteur de cent soixante-seize mille euros pour le préjudice subi. « Quatre-vingt-huit mille euros par guibole ! » lui avait annoncé Giuseppe au téléphone, des larmes plein la voix. Plus que l'argent, c'était surtout le fait qu'ils aient fini par tenir un petit peu compte de sa parole de poivrot qui avait rendu Giuseppe vraiment heureux ce jour-là, avait pensé Guylain. Il s'était toujours demandé quelle méthode de calcul les experts employaient pour décider de la valeur d'un mort, d'un traumatisme ou d'un membre comme dans le cas de Giuseppe. Pourquoi quatre-vingt-huit mille et pas quatre-vingt-sept ou quatre-vingt-neuf ? Tenaient-ils compte de la longueur de la jambe, de son poids estimé, de l'usage qu'en faisait la victime ? Giuseppe et lui n'étaient pas dupes. Ils savaient bien que cette conclusion n'expliquait en rien le problème des rats. Qu'il fallait un peu plus qu'un contacteur défectueux pour justifier la remise en route du moteur diesel au beau milieu de la nuit. Guylain n'en avait pas reparlé à Giuseppe mais il lui arrivait encore régulièrement d'en retrouver, des rats, ou plutôt ce qu'il en restait. Ça faisait comme de grosses fleurs rouge sombre posées au fond des bacs, avec, parfois en leur centre, un minuscule œil noir qui brillait comme une gouttelette d'encre.

Il avait fallu près de trois mois à Giuseppe pour admettre l'idée que ses jambes n'allaient pas repousser. Trois mois pour adopter définitivement ces affreux moignons rosâtres, deux boursouflures de chair qui faisaient penser aux branches noueuses des vieux tilleuls. D'après les toubibs, c'était bien, voire très bien comparé à d'autres qui n'acceptaient jamais. En le voyant déambuler au centre de réadaptation fonctionnelle dans son fauteuil flambant neuf, Guylain lui-même avait cru que le vieux était parvenu à faire le deuil de ses jambes. « Un Butterfly 750, petit ! Même pas douze kilos, tu te rends compte ! Et la couleur, t'as vu la couleur. Violine, ça s'appelle. Je l'ai choisie rien que pour le nom : violine. Qu'est-ce que t'en penses ? » Guylain n'avait pu s'empêcher de sourire. À l'écouter, ça donnait presque envie d'aller se faire bouffer *illico presto* les deux guiboles par la première Zerstor venue pour avoir le plaisir de s'y couler, dans son fauteuil pour handicapés. Et puis Giuseppe avait commencé à tenir des propos inquiétants, se mettant à évoquer leur retour. « Quand je les aurai retrouvées, ça ira mieux, tu verras, petit », n'arrêtait-il pas de lui répéter à chacune de ses visites, de l'espoir plein les yeux. Au début, Guylain se dit que la Chose avait peut-être dévoré un peu plus que ses jambes et avait emporté au passage quelques parcelles de sa raison. On ne pouvait pas mettre ces propos sur le compte de l'alcool, le vieux étant passé au régime sec du jour au lendemain. S'éloigner de l'usine lui avait définitivement coupé l'envie de boire. Guylain lui avait demandé ce qu'il entendait exactement par « quand je les aurai retrouvées » et qui était ces « les », même si bien sûr il avait sa petite idée sur le sujet. Giuseppe s'était alors refermé comme une huître, lui promettant de tout lui raconter le jour où il serait prêt. Guylain se souviendrait toute sa vie du visage irradiant de bonheur de son ami lorsque celui-ci lui avait ouvert la porte quelques semaines plus tard avec entre les mains le précieux livre. Giuseppe lui avait tendu solennellement l'ouvrage avant de faire les présentations d'une voix brisée par l'émotion : « *Jardins et Potagers d'autrefois*, de Jean-Eude Freyssinet, ISBN 3-365427-8254, sorti des rotatives de l'imprimerie Ducasse Dalambert de Pantin le vingt-quatre mai deux mille deux et tiré à mille trois cents exemplaires sur papier recyclé de grammage quatre-vingt-dix, rame AF87452, une rame fabriquée avec les lots référencés sous les numéros 67 455 et 67 456 produits par la Société de traitement et de recyclage naturel dans la journée du seize avril deux mille deux. »

Guylain avait saisi le bouquin, l'auscultant sans comprendre. La couverture vert chiasse n'incitait pas à la lecture. Il l'avait feuilleté sans conviction. À l'intérieur, ça parlait techniques de jardinage. Ensemencement, binage, désherbage et autres subtilités potagères pour tous les jardiniers du dimanche. « Tu t'es découvert la main verte et t'es mis dans l'idée de faire pousser des légumes d'appartement ? »

Devant son air ahuri, Giuseppe s'était tortillé de jubilation sur son fauteuil. Alors seulement, les mots prononcés par le vieux s'étaient frayé un passage jusqu'à son esprit. Le 16 avril, le jour même où ses jambes étaient parties dans le ventre de la Zerstor ! Os et chair broyés, pilés, ébouillantés, dispersés en millions de cellules qui s'étaient retrouvées intimement mêlées au magma gris déféqué dans les bacs par la Chose ce jour maudit d'avril 2002. Parties pour un long voyage jusqu'à atterrir dans ce bouquin insignifiant et dans les mille deux cent quatre-vingt-dix-neuf autres fabriqués avec cette chair à papier unique en son genre. Guylain en était resté béat de stupéfaction. Le vieux avait retrouvé ses jambes !

10

Contrairement à ce qu'il avait promis à Giuseppe, Guylain ne se rendit pas à Paris ce samedi-là pour aller trouver le grand Albert. Il n'en avait d'ailleurs jamais eu l'intention. Il ne bougea pas de chez lui. Tout juste prit-il le temps de faire un saut jusqu'à l'animalerie située à deux pâtés de maisons de là pour rapporter un sachet d'algues séchées à Rouget de Lisle qui en était friand. En début d'après-midi, le jeune homme sortit de l'armoire la lourde valise qui y était entreposée. Il se souvint de l'époque bénie où les *Jardins et Potagers d'autrefois* affluaient des quatre coins de la France. Après avoir pillé la totalité des sites marchands sur Internet à coups de carte bleue et contacté toutes les librairies du pays pour les dévaliser du bouquin convoité, Giuseppe avait eu l'intelligence d'aller trouver les bouquinistes. Un beau jour, le vieux et son fauteuil roulant avaient déboulé sur leur trottoir et pirouetté d'un casier à l'autre pour leur narrer son histoire et expliquer comment lui, Giuseppe Carminetti, ancien chef opérateur de la Société de transformation et de recyclage naturel, ex-alcoolique et ex-bipède, allait tout faire pour récupérer les livres qui abritaient ce qui restait de ses guiboles. À chacun d'eux, le vieux avait glissé sa carte de visite avec, inscrit au dos, ce drôle de titre de bouquin. Sa démarche les avait touchés. Chaque bouquiniste avait aussitôt mis en alerte son propre réseau pour débusquer le Graal. Il ne se passait alors pas de week-end sans que Guylain ne se rendît sur les quais pour jouer les coursiers et ramener à Giuseppe les fruits de la récolte. Il avait aimé ces moments de flânerie, à contempler les bateaux-mouches chargés de touristes glisser paresseusement sur les eaux argentées de la Seine. C'était bon de constater qu'il existait un autre monde que celui de la STERN, un monde où les livres avaient le droit de finir leur vie douillettement rangés dans les casiers verts le long des parapets en vieillissant au rythme du grand fleuve sous la protection des tours de Notre-Dame.

La barre des cinq cents exemplaires avait été atteinte moins d'un an et demi après le début de cette collecte folle et celle des sept cents trois ans plus tard. Et puis ce qui devait arriver arriva.

La source finit par se tarir et le compteur resta bloqué au nombre de sept cent quarante-six. Giuseppe avait alors sombré dans un profond état d'abattement. Toutes ces années, la quête avait été sa principale raison de vivre. C'était elle qui lui donnait le courage de supporter les colonies de fourmis qui, nuit après nuit, montaient à l'assaut de ses membres fantômes, elle encore qui lui faisait accepter les regards de pitié qui pleuvaient sur ses épaules lorsqu'il déambulait dans les rues à bord de son Butterfly. Giuseppe avait lâché prise presque du jour au lendemain. Pendant près d'un an, Guylain avait passé son temps à se battre pour maintenir le moral du vieux à flot. Une à deux fois par semaine, il lui rendait visite. Après avoir remonté les stores afin de faire entrer la lumière et ouvert les fenêtres pour renouveler l'air vicié qui régnait dans l'appartement, il s'asseyait face à lui et saisissait délicatement les mains de son ami, deux oiseaux tièdes et moribonds qui se laissaient attraper sans broncher. Alors, tout en parlant de tout et de rien, il emportait Giuseppe vers la salle de bains. Là, il baignait et frictionnait le corps martyrisé de son ami, rasait la barbe éparse qui hérissait les joues et le menton, peignait la chevelure hirsute. Il fallait encore au jeune homme laver la vaisselle sale qui croupissait dans l'évier et rassembler les vêtements éparpillés aux quatre coins de l'appartement. Il ne repartait jamais sans avoir expliqué à Giuseppe qu'il fallait tenir bon, que l'espoir n'était pas mort, que le temps agissait sur les livres comme le gel sur les pierres enfouies et qu'ils finiraient bien un jour ou l'autre par refaire surface. Mais tous ses efforts pour sortir le vieux de son état lymphatique étaient restés vains. Seules de nouvelles exhumations pouvaient rallumer la flamme disparue dans le regard de Giuseppe. Comment l'idée de contacter Jean-Eude Freyssinet lui était venue, Guylain n'aurait su le dire. En revanche, le fait que personne avant lui, pas même le vieux, n'ait pensé à un moment ou à un autre à joindre directement l'auteur des *Jardins et Potagers d'autrefois* restait un mystère. Il n'avait eu aucun mal à dénicher le numéro de téléphone de l'illustre et à la cinquième sonnerie, la voix chevrotante de dame Freyssinet lui avait appris que son Jean-Eude était passé de vie à trépas quelques années plus tôt en pleine rédaction de son second ouvrage, un essai sur les cucurbitacées et autres dicotylédones d'Europe centrale. Guylain avait expliqué sans détour à la veuve qu'il y avait dans les invendus vert chiasse qu'elle avait conservés en souvenir de son défunt un peu plus que les restes spirituels de son époux. Celle-ci avait alors aussitôt estimé que quelques exemplaires pouvaient amplement suffire à son bonheur et avait consenti sans hésitation à lui abandonner le reste de sa collection, soit près d'une centaine de *Jardins et Potagers d'autrefois* flambant neufs. Remettre le tout à Giuseppe aurait été une grave erreur, de cela Guylain était conscient. Seule la quête avait de l'importance. Il fallait distiller les Freyssinet avec parcimonie, au rythme de trois à quatre par an, jamais plus. Juste de quoi faire brasiller la vie dans les prunelles du vieux et maintenir le chasseur éveillé. Pendant les années fastes, le grand Albert s'était imposé comme le porte-parole des bouquinistes. Sa gouaille faisait fureur auprès des touristes qu'il emprisonnait dans sa logorrhée comme une araignée des moucherons dans sa toile. Et c'est tout naturellement à lui que s'était adressé le jeune homme pour mener à bien son projet. Le manège fonctionnait à merveille. Lorsqu'il jugeait le moment venu, c'est-à-dire quand le vieux montrait à nouveau des signes de découragement et commençait à s'enfoncer dans le désespoir, Guylain donnait le feu vert à Albert. Le bouquiniste prévenait alors Giuseppe qui s'empressait d'aviser Guylain qu'un nouvel ouvrage avait été retrouvé. En trois ans, plus d'une douzaine de Freyssinet avaient ainsi surgi artificiellement du néant sans que le vieux se doute de la supercherie.

Guylain déposa la valise sur le lit et, d'une pression du pouce, libéra les deux fermoirs avant de basculer le couvercle poussiéreux. Il contempla les *Jardins et Potagers d'autrefois* en souriant. Quatre-vingt-cinq, de quoi tenir encore une bonne vingtaine d'années, pensa-t-il. Il s'empara du premier exemplaire à portée de main. Alors, à l'aide d'une feuille d'essuie-tout imbibée d'huile, Guylain se mit à badigeonner l'angle droit de la quatrième de couverture avec application.

11

Giuseppe habitait au rez-de-chaussée d'une résidence flambant neuve, à moins de dix minutes de chez Guylain. Le jeune homme n'eut même pas besoin de sonner. Giuseppe lui cria d'entrer depuis la cuisine où il avait guetté sa venue, le visage collé à la fenêtre. L'endroit sentait le propre. Guylain se déchaussa dans le hall d'entrée et, suivant un rituel immuable, enfila les anciens chaussons du vieux, deux pantoufles orphelines qui semblaient toujours contentes de retrouver des pieds. Les rayonnages mangeaient tout un mur du salon. Les sept cent cinquante-huit exemplaires de *Jardins et Potagers d'autrefois* de Jean-Eude Freyssinet reposaient là, sagement alignés sur les planches d'acajou, couverture contre couverture, exposant à la vue leur dos vert chiasse. Les bébés de Giuseppe. Il fallait voir cette manière qu'il avait de caresser leur tranche du bout des doigts lorsqu'il passait à côté, ce soin qu'il prenait à les épousseter régulièrement. C'était la chair de sa chair. Il leur avait donné son sang et plus encore. Et peu importait que ce fût tombé sur l'ouvrage insignifiant d'un Jean-Machin Tartempion et pas sur le Goncourt de l'année. On ne choisissait pas la tête de ses enfants. Plus haut, la béance douloureuse des étagères encore vides lui rappelait journellement cette partie de lui-même qui n'était pas encore rentrée au bercail. Inquiet et n'en pouvant plus d'attendre, Giuseppe avait agrippé le bras de Guylain : « Alors ? » Le jeune homme ne voulut pas le faire languir plus longtemps et déposa l'exemplaire entre ses mains. Giuseppe tourna et retourna le livre, l'exposa en pleine lumière, vérifia l'ISBN, les dates et numéros d'impression, le feuilleta, en mesura le grammage du bout des doigts, le huma, caressa son papier du plat de la main. Alors seulement, il le serra contre lui en souriant. À chaque fois, Guylain assistait émerveillé au spectacle émouvant de ce visage torturé s'ouvrant sur ce grand sourire radieux. Giuseppe allait garder son Freyssinet avec lui la soirée durant, bien au chaud sous son plaid, posé sur ce qui restait de ses cuisses, ne s'en séparant qu'à l'heure du coucher. Il lui arrivait de temps à autre d'en saisir un au hasard et de le prendre avec lui pour la journée. Guylain s'avachit dans le canapé tandis que Giuseppe partait s'affairer dans la cuisine. Le jeune homme savait qu'il ne le lâcherait pas tant qu'il n'aurait pas bu sa coupe de pétillant. Il avait beau lui répéter à chaque fois que ça n'était pas la peine, que le champagne n'était pas nécessaire et que, quitte à trinquer tout seul, il pouvait se contenter de n'importe quel vin cuit, que même une bière ferait l'affaire, le vieux se bornait à lui ramener la coupe et la demi-bouteille de bulles millésimées ouverte pour l'occasion. Lui qui, dans son ancienne vie, n'avait toujours ingurgité que de mauvaises piquettes, des tord-boyaux sans nom, ne débouchait plus que des grands crus, des bouteilles hors de prix qu'il s'évertuait à vouloir faire boire coûte que coûte à Guylain. Giuseppe roula jusqu'à la table basse sans se départir de son sourire et déposa la coupe et la demi-bouteille de Mumm Cordon rouge qui allait avec. La première gorgée de champagne glaça agréablement le gosier de Guylain avant d'aller tapisser le fond de son estomac.

« T'as mangé quoi à midi ? » La question le prit de court. Il n'avait rien mangé à midi. Et Giuseppe le connaissait suffisamment bien pour savoir qu'il n'avait rien avalé d'autre depuis son réveil qu'une poignée de céréales arrosée d'un bol de thé brûlant. Les petits yeux inquisiteurs du vieux lurent tout ça dans son silence. « Je t'ai préparé un plateau. » Le ton péremptoire sur lequel il avait prononcé sa phrase ne lui laissait aucune autre alternative que celle d'accepter l'invitation. Quand Giuseppe préparait un plateau, c'était toute l'Italie qui tombait dans votre assiette. Après une anchoïade servie avec son fagot de gressins torsadés, le tout accompagné d'un verre de prosecco, suivit une pleine assiettée de *scattoni* au jambon cru arrosée d'un Lacryma Christi *rosso.* Giuseppe se plaisait à lui rappeler que s'enivrer avec les larmes du Christ était la plus belle chose qui puisse arriver à un chrétien. Guylain se surprit à oublier pour un temps le goût du carton bouilli terré dans ses papilles. Le dessert, composé d'une assiette d'*amaretti* croquants aux amandes accompagnée d'un verre de limoncello maison givré à point, était un pur bonheur. Ils parlèrent de tout et de rien, refirent le monde. La Chose les avait rapprochés intimement, un rapprochement comme seule une guerre de tranchées est capable de le faire avec des soldats ayant partagé le même trou d'obus. Il était près de 1 heure du matin lorsque Guylain prit congé de Giuseppe. Les dix minutes de marche dans la nuit et le froid glacial qui s'était abattu sur la ville ne suffirent pas à le dégriser. Tout juste prit-il le temps de se déchausser et de souhaiter une bonne nuit à Rouget de Lisle avant de s'affaler encore tout habillé sur son lit, ivre de vin et de fatigue.

12

Le téléphone portable programmé pour le réveiller à 5 h 30 vibrait de toute sa coque sur la table de nuit. Sous la surface ondoyante de l'eau, Rouget de Lisle le regardait de ses yeux globuleux. Lundi. Il n'avait pas vu passer le dimanche. Levé trop tard, couché trop tôt. Un jour sans. Sans envie, sans faim, sans soif, sans même un souvenir. Rouget et lui avaient occupé leur journée à tourner en rond, le poisson dans son bocal, lui dans son studio, déjà dans l'attente de ce lundi qu'il détestait. Il saupoudra une pincée d'aliments dans l'aquarium et se fit violence pour avaler la poignée de céréales déversée dans son bol. Il se lava les dents entre deux gorgées de thé, sauta dans ses habits et attrapa la serviette de cuir avant de dévaler les trois étages de son immeuble. Le froid qui régnait au-dehors finit par le réveiller complètement.

Tandis qu'il descendait l'avenue qui menait à la gare, Guylain compta les réverbères. Compter était le meilleur moyen qu'il avait trouvé pour ne pas penser au reste. Il comptait tout et n'importe quoi. Tel jour les bouches d'égout, tel autre jour les voitures en stationnement, les poubelles ou encore les portes d'immeubles. L'artère n'avait plus de secret pour lui. Il lui arrivait même parfois de compter ses propres pas. S'emmurer dans ce dénombrement inutile l'empêchait de penser à ces autres chiffres, toutes ces tonnes que leur gueulait du haut de son mirador le père Kowalski les jours de gros arrivage. À la hauteur du n° 154, comme tous les jours à la même heure, le vieil-homme-en-chaussons-et-pyjama-sous-son-imper s'échinait à faire pisser son chien, un caniche anémié au poil fatigué. Et comme tous les jours, le vieux bonhomme, le regard rivé sur l'amour de sa vie, tentait de convaincre le dénommé Balthus de vider sa vessie contre le semblant de platane qui s'efforçait de survivre au milieu du trottoir. Guylain ne manquait jamais de saluer le vieil-homme-en-chaussons-et-pyjama-sous-son-imper et d'encourager Balthus dans ses pérégrinations urinaires d'une caresse amicale. Il compta encore dix-huit réverbères avant d'atteindre la gare.

Debout sur sa ligne blanche, Guylain flottait dans une demi-somnolence lorsqu'il sentit qu'on tiraillait sa manche. Il se retourna. Elles étaient arrivées sans bruit dans son dos. Deux petites grands-mères qui le mangeaient littéralement des yeux. Leurs cheveux permanentés lançaient des reflets de la même couleur que le Butterfly 750 de Giuseppe. Les irisations violines de leur coiffure ne lui étaient pas inconnues. Il lui sembla avoir déjà aperçu ces dames dans le train à plusieurs reprises. Celle qui était le plus en retrait poussait l'autre du coude : « Vas-y Monique, c'est toi qui parles. »

Monique n'osait pas. Elle se triturait les mains à ne plus savoir qu'en faire, se raclait la gorge, faisait des « Mais oui », des « C'est bon », des « Arrête Josette ou je m'en vais ». Guylain eut presque envie de la rassurer, Monique, de lui dire que c'était bon, ça allait bien se passer, que c'était les premiers mots le plus dur, qu'après, en général, ça allait tout seul, pas de raison d'avoir peur. Sauf qu'il n'avait aucune idée de ce que lui voulaient ces braves dames, hormis le fait évident qu'elles souhaitaient lui causer. Cramponnée à son sac à main comme à une bouée de sauvetage, ladite Monique finit par se jeter à l'eau : « Voilà, on voulait vous dire, on aime bien ce que vous faites.

— Ce que je fais quoi ? demanda Guylain incrédule.

— Ben, quand vous lisez le matin dans le RER

et tout et tout. On trouve ça bien et puis, ça nous fait drôlement du bien.

— Merci, c'est très gentil mais vous savez, ce n'est pas grand-chose, juste quelques pages comme ça.

— Voilà, justement, avec Josette, on aimerait vous demander quelque chose si ça ne vous gêne pas. Oh ! bien sûr, on comprendrait que vous ne puissiez pas mais on serait tellement contentes si vous acceptiez. Ça nous ferait tellement plaisir, et puis ça ne vous prendrait pas trop de temps, ce serait quand vous voulez, en fonction de ce qu'il est possible pour vous. On ne voudrait surtout pas que ça vous embête. »

Guylain se mit presque à regretter le temps où la dénommée Monique se contentait de triturer ses mains. « Excusez-moi mais qu'est-ce que vous entendez au juste par "faire plaisir" ?

— Ben voilà, en fait, on aimerait bien que vous veniez des fois lire à la maison. »

Elle avait expiré la fin de sa phrase dans un souffle, rendant les derniers mots à peine audibles. Guylain ne put s'empêcher de regarder béatement ces deux fans octogénaires qui le réclamaient pour elles toutes seules. Touché par cette demande insolite, il bafouilla un début de réponse : « C'est-à-dire…

— Par contre, le coupa Monique, il faut que vous sachiez que le jeudi, ça peut pas aller parce qu'il y a rami mais tous les autres jours, y a pas de problème. Sauf le dimanche bien sûr, à cause des familles.

— Attendez, je ne fais que lire des morceaux de textes, des pages volantes qui n'ont pas de rapport entre elles. Je ne fais pas de lecture de livres.

— Ah ! non mais ça on sait. Ça ne nous gêne pas, au contraire ! c'est même mieux. C'est moins monotone et puis au moins, si le texte n'est pas intéressant, on sait que ça ne va jamais durer plus d'une page. Ça va bientôt faire un an que Josette et moi, on vient vous écouter dans le RER tous les lundis et jeudis matin. Ça fait un peu tôt pour nous mais c'est pas grave, ça nous force à sortir. Et puis comme c'est les jours de marché, on fait d'une pierre deux coups. »

Elles étaient émouvantes, ces deux petites vieilles emballées chacune dans leur manteau beige et toutes deux suspendues à ses lèvres. Guylain eut la soudaine envie de céder à leur folie, d'exporter ses peaux vives ailleurs que dans ce wagon sinistre qu'il empruntait tous les jours. « Mais vous habitez où ? » Sa question résonna à leurs oreilles comme une acceptation ferme et définitive. Folles de joie, les deux femmes se congratulèrent mutuellement en sautillant sur place. Tandis que la dénommée Monique déposait sa carte de visite dans la main de Guylain, l'autre lui glissait à l'oreille cette constatation : « Je te l'avais dit qu'il était gentil. » Le bristol déclinait nom et adresse au milieu d'un parterre de fleurs couleurs pastel. Mlles Monique et Josette Delacôte, 7 *bis*, impasse de la Butte, 93220 Gagny. Une ligne avait été rayée proprement d'un coup de stylo-bille. Guylain supposa que Monique et Josette étaient sœurs. Impasse de la Butte, sur le plateau. À une bonne demi-heure de marche de son domicile. « On en a déjà discuté entre nous, si vous êtes d'accord, on prend en charge le taxi à l'aller et au retour. Ça sera plus pratique pour vous et moins fatigant. »

Guylain se dit qu'elles avaient dû mûrir leur projet un bon moment, les sœurs Delacôte, avant de venir le trouver. « Écoutez, je veux bien essayer pour voir mais je ne voudrais surtout pas que vous considériez cela comme un engagement à long terme. Que ce soit bien clair entre nous, je veux bien venir faire un petit bout d'essai mais je veux pouvoir arrêter à tout moment.

— Ah ! mais on l'a bien compris comme ça avec Josette, hein Josette. Et quel jour vous pourriez venir ? » Dans quel guêpier était-il en train de se fourrer ? Les soirs de semaine, Guylain était trop crevé pour être capable de faire quoique ce soit. « Je ne suis libre que les samedis. Plutôt les samedis matin en fin de matinée.

— D’accord pour les samedis mais plutôt vers 10 h 30 parce qu’on mange à onze heures et demie. »

Ils convinrent de 10 h 30 le samedi suivant tandis que le train entrait en gare. Assis sur son strapontin, Guylain entama la première peau vive du jour, une recette de soupe de légumes à l’ancienne qu’il égrena sous le regard ravi des deux sœurs Delacôte qui avaient pris place sur la plus proche des banquettes afin de mieux boire ses paroles.

13

Du lundi au vendredi, Guylain s'abrutit de travail. À l'approche du Salon du livre de Paris, le flot de camions s'intensifiait considérablement. La rentrée littéraire de septembre et la période faste des prix avaient vécu depuis longtemps. Il fallait à présent faire place nette, vider les étals de tous les invendus. Les nouveaux venus poussaient les plus vieux vers la sortie, aidés en cela par la lame du bulldozer. Du matin au soir, ils devaient araser encore et encore cette putain de montagne qui ne cessait de s'élever sur le sol de l'usine. Les bacs se remplissaient à la cadence de un toutes les vingt minutes. Ils ne prenaient même plus le temps de débrayer la Zerstor pour procéder au remplacement des cuves. « Trop de temps perdu, avait aboyé Kowalski au début de la semaine. Ça ralentit trop et on perd des bennes avec ces conneries. » Du coup, il leur fallait patauger dans la boue à chaque changement de bac et recevoir sans broncher les pets nauséabonds que leur balançait la Chose en pleine poire lorsqu'ils étaient dans son dos. Et quand sonnait enfin l'heure de la fin de service, il fallait encore à Guylain supporter Kowalski qui venait leur gueuler fièrement du haut de sa passerelle le tonnage du jour. Pour le gros, seule comptait la courbe, cette ligne rouge anodine avec tonnes en abscisse et euros en ordonnée qui faisait comme une grande déchirure couleur sang en travers de l'écran dix-neuf pouces posé sur son bureau.

Le week-end arriva comme un havre où déposer toute la fatigue accumulée durant la semaine. Monique et Josette Delacôte l'attendaient. Le taxi commandé un quart d'heure plus tôt déboucha en haut de l'avenue et vint s'échouer à ses pieds. Guylain s'engouffra dans l'habitacle et annonça sa destination au chauffeur qui s'immisça d'un coup de volant autoritaire au milieu de la circulation dense de ce samedi matin. Moins de dix minutes plus tard, la voiture s'engageait dans une large allée gravillonnée. Au passage du portail, Guylain eut le temps de lire l'inscription qui s'étirait en lettres dorées sur la plaque rutilante. « Résidence Les Glycines. » Lui revinrent aussitôt en mémoire les trois mots barrés sur la carte de visite des sœurs Delacôte.

À la vue de l'imposante bâtisse posée au milieu du parc, Guylain ne put réprimer un hoquet de surprise. Depuis le début, il s'était attendu à un petit pavillon de banlieue. Tandis que le taxi franchissait les derniers mètres, il se souvint des propos de la vieille dame. « On mange à onze heures et demie. » « Le jeudi, ça peut pas aller parce qu'il y a rami. » « Sauf le dimanche bien sûr, à cause des familles. » L'étrangeté de ces propos vola en éclat à la vue des nombreuses silhouettes qui s'agitaient aux fenêtres. Il comprit dans l'instant que ce « on » qu'elle employait à tour de phrase ne se limitait apparemment pas aux seules sœurs. Le bruit des gravillons crissant sous les roues du taxi décrut dans son dos tandis qu'il s'avançait d'un pas hésitant vers la résidence. Monique suivie comme son ombre par Josette vint à sa rencontre en trottinant. Elles étaient fardées et pomponnées comme pour leur premier bal. « On avait peur que vous ayez changé d'avis au dernier moment et que vous ne veniez pas. C'est que tout le monde est curieux de vous voir, vous savez. »

Guylain ravala la boule d'angoisse qui l'étouffait. C'était combien ce « tout le monde » ? Il imagina avec effroi un parterre de chevelures couleur violine. Pendant quelques secondes, il regretta de ne pas être resté sous sa couette à regarder Rouget de Lisle jouer avec ses bulles.

« Venez, on va vous présenter. À ce propos, on ne connaît même pas votre nom.

— Guylain. Guylain Vignolles.

— Tiens, c'est joli Guylain. Rudement joli même, hein Josette, c'est joli. »

Guylain se dit qu'il aurait pu se prénommer Gérard, Anicet ou Houcine que ça n'aurait rien changé à la façon qu'elle avait de le dévorer des yeux, Josette. Il pénétra aux *Glycines* encadré par les deux sœurs cramponnées à ses bras. Dans le hall immense, une demi-douzaine de vieillards avachis sur eux-mêmes somnolaient sur un banc. Le bâtiment paraissait neuf. Impersonnel, fonctionnel et aseptisé furent les trois mots qui vinrent à l'esprit de Guylain en découvrant les lieux. Les bruits de cannes devaient y résonner comme dans une crypte, pensa-t-il en frissonnant. Ça ne sentait rien, pas même la mort.

« C'est par là, lui glissa Monique en l'entraînant vers le réfectoire. Bien sûr, il faudra parler fort. » La salle était bondée. S'y entassaient près d'une vingtaine d'hommes et de femmes tous plus âgés les uns que les autres et qui le radiographièrent de la tête aux pieds lorsqu'il franchit la porte. Parmi eux, se trouvait le personnel reconnaissable, outre à sa jeunesse, au rose de ses blouses. Pour l'occasion, les tables avaient été poussées contre les murs afin de dégager l'espace. Guylain contempla avec angoisse le fauteuil disposé au centre de la salle et qui l'appelait de ses accoudoirs.

14

« Je vous présente M. Guylain Gignolle qui nous fait l'honneur de venir aujourd'hui nous faire un peu de lecture et que je vous demande d'accueillir chaleureusement. »

Guylain gratifia Monique d'un sourire indulgent pour avoir estropié son nom et salua l'assemblée d'un bref hochement de tête. Miss Delacôte *number two* lui dévoila d'un battement de paupières le fard couleur saumon nacré qui les recouvrait et l'invita du menton à prendre place dans le fauteuil. Tel un automate, Guylain traversa l'espace d'une démarche qui se voulait décontractée mais qui n'était que heurts et trébuchements tant son trac était grand. Il régnait dans la pièce une chaleur de four à pizza, les odeurs en moins. Le jeune homme s'assit sur le velours rembourré du fauteuil Louis-quelque-chose et tira de sa sacoche le petit paquet de pages volantes. Alors, tandis que tous les yeux le fixaient au travers de leur cataracte naissante ou déjà installée, il se jeta dans la lecture de cette première peau vive :

« Ilsa regardait la mouche. La chienne contemplait, fascinée, l'insecte qui ne cessait de rentrer et de sortir de par la bouche grande ouverte de l'homme. C'était toujours le même manège. La mouche s'élevait un instant dans les airs, avec cette drôle de manière de voler qu'ont les mouches et qui énervait Ilsa, obliquant à angle droit, comme prisonnière d'un cube invisible, avant de regagner son point de départ. C'était une belle mouche à viande, bien ventrue, avec son abdomen aux reflets bleutés bourré à craquer de centaines d'œufs qui ne demanderaient qu'à éclore une fois déposés au cœur de toute cette viande morte. La chienne n'avait jamais remarqué à quel point cela pouvait être intéressant, une mouche. D'habitude, elle se contentait de les chasser d'un mouvement de tête, ne voyant en elles que de petites choses noires qui déchiraient les airs en vrombissant. Souvent, ses mâchoires se refermaient sur le vide. Avec l'hiver, celles-ci disparaissaient comme par magie, ne laissant dans leur sillage que de rares momies toutes desséchées posées sur le seuil des fenêtres. L'hiver, la chienne oubliait les mouches, jusqu'à l'été suivant.

L'insecte se posa sur la lèvre inférieure de l'homme, trottina de long en large tel un soldat sur son chemin de ronde avant de s'en aller déambuler sur la langue violacée. La mouche disparut complètement de la vue d'Ilsa tandis qu'elle s'enfonçait dans les profondeurs sombres et humides pour aller déposer un nouveau chapelet d'œufs au milieu des chairs froides. De temps à autre, la mouche délaissait le cadavre pour aller atterrir sur le pot de confiture posé sur la table. La chienne pouvait voir la trompe minuscule se coller sur la surface translucide de la gelée de groseilles. L'odeur de café au lait flottait encore dans les airs, lourde et sucrée. Le bol en explosant avait dessiné une jolie flaque en forme d'étoile… »

Un ronronnement sourd lui parvint du troisième rang où une brave dame, tête basculée en arrière et bouche béante, semblait attendre que la mouche vienne la visiter à son tour. Le reste de l'assemblée, immobile, guettait la suite dans un silence religieux. Monique, pouce droit levé vers le plafond, irradiait de bonheur. Tandis qu'il basculait la feuille pour en lire le verso, une dame chevrota une question : « Mais on sait de quoi il est mort, ce monsieur ? » Cette première intervention résonna comme une invitation au questionnement. Questions et suppositions se mirent à pleuvoir de toutes parts : « D'une attaque, à tous les coups c'est d'une attaque.

— D'une attaque de quoi ? Et pourquoi ce serait une attaque, tu peux nous le dire André ? » rétorqua une dame à la mine mauvaise.

Guylain ne savait pas ce qu'avait fait ou n'avait pas fait André à cette furie emmaillotée dans son peignoir matelassé bleu ciel mais toujours est-il que la réplique avait le cinglant d'une gifle appuyée.

« Ben est-ce que je sais, moi. Une rupture d'anévrisme ou un infractus. Une attaque, quoi, bredouilla l'ancien.

— Ouais mais sa femme, pourquoi elle appelle pas les secours, sa femme ? demanda un autre.

— Quelle femme ? C'est pas sa femme, c'est sa chienne. Lisa, elle s'appelle, précisa un pépé coiffé d'une casquette à visière.

— C'est pas un nom pour un chien, ça, Lisa.

— Et alors ! Regarde Germaine, elle a bien appelé son canari Roger, comme son défunt. » La Germaine en question se contorsionna de gêne sur sa chaise.

« Je croyais que c'était la mouche qui s'appelait Lisa, moi, balbutia une momie toute de noir vêtue.

— S'il vous plaît, s'il vous plaît, on pourrait peut-être laisser M. Gignal nous lire la suite, ce qui nous permettra certainement d'en apprendre un peu plus », intervint Monique avec autorité.

Décidément pensa Guylain, Miss Delacôte *number one* avait l'art d'écorner son nom à chaque syllabe. Profitant de la brève accalmie, il sauta de la voix dans la brèche de silence qu'elle avait entrouverte pour poursuivre la lecture :

« … éclaboussant les pieds de la chaise et les chaussettes de l'homme. Mais derrière ces effluves parfumés qui montaient du sol, il était une autre odeur beaucoup plus entêtante pour Ilsa. C'était celle du sang, lancinante. Elle était partout, ancrée dans chacune des molécules d'air que respirait la chienne, prisonnière comme elle du minuscule espace clos. Ilsa ne pouvait lui échapper. Cette odeur la rendait folle. La flaque vermillon avait grossi rapidement sur la surface en Formica, enveloppant d'abord le pot de confiture avant d'atteindre le bord de la table pour s'égoutter longuement sur le sol. Des litres de sang qui s'étaient échappés en un beau geyser écarlate de par le minuscule trou qu'avait foré la balle… »

« Ah ! tu vois André, c'était pas une attaque.
— Chut ! »

« … dans la tempe de l'homme. Lorsque le coup de feu avait retenti, Ilsa s'était vivement ramassée sur elle-même, le cœur battant la chamade. Elle n'avait pu détacher son regard de la gueule fumante de l'arme tombée sur le parquet. L'homme avait basculé en avant sur la table, comme un sac de sable, la tête tournée vers elle, les yeux grands ouverts. Depuis maintenant trois jours, plus aucun battement n'était venu agiter ses paupières. Une fois de plus, la chienne monta l'étroit escalier jusqu'à la porte, une porte que ses pattes avaient grattée avec toute l'énergie du désespoir sans autre résultat que celui d'en écailler le verni. Ilsa respira goulûment l'air tiède qui s'engouffrait par le trou de la serrure. C'était un air saturé d'humidité, fade et salé tout à la fois. »

Fin du feuillet n° 1. D'habitude, lors de ses lectures matinales dans le train, Guylain enchaînait immédiatement sur la page suivante, mais là, était-ce la brûlure de leur regard ou la profondeur du silence qui s'était installé, il suspendit son geste et releva la tête. Tous sans exception le fixaient, même Madame Je-ronronne-la-tête-en-arrière qui était revenue parmi eux pour l'occasion. Il eut le sentiment que trop d'interrogations restaient en suspens, trop d'énigmes qu'il allait falloir résoudre ou, à défaut, tenter de circonscrire.

« Donc, c'était pas une attaque », martela la grosse femme haineuse qui semblait surtout ravie d'avoir pu prendre André en défaut. À sa gauche, une dame leva le doigt. Monique lui donna la parole d'un bref hochement de tête :

« C'est un suicide ?

— Eh bien en tout cas, ça y ressemble fortement, se surprit-il à confirmer d'une voix conciliante.

— À tous les coups, il a fait ça avec un 45, affirma un petit gros d'une voix éraillée.

— Moi, je dirais plutôt un 22. Ça parle d'un trou minuscule, répliqua un autre.

— Et pourquoi ce serait pas une carabine, ânonna une ancienne toute recroquevillée dans son fauteuil roulant.

— Voyons madame Ramier, comment voulez-vous vous tirer dans la tempe avec une carabine ?

— Ou alors c'est un meurtre mais je ne crois pas, lança un petit vieux avec une mimique dubitative.

— Mais ça se passe où ? demanda le prénommé André.

— Oui, où ça se passe ? Et pourquoi il a fait ça, le type ? renchérit inquiète une grand-mère.

— Moi, je dirais que c'est dans une ferme au fond des bois.

— Et pourquoi pas un appartement en ville ? Ça serait pas impossible. Tous les ans, on retrouve des gens morts depuis plusieurs jours, voire même des fois plusieurs semaines et qui étaient pourtant entourés de voisins.

— Eh bien moi, je dis que ça se passe sur un bateau. Un voilier ou un petit yacht. Le type est parti en pleine mer avec son chien avant de se mettre une balle dans le caisson. Il le dit, il parle d'un air saturé d'humidité, fade et salé tout à la fois. »

Monique, qui semblait embarrassée par la tournure que prenaient les choses, s'approcha de Guylain pour lui susurrer les consignes à suivre : « Monsieur Vignal, il serait peut-être bon de poursuivre et de passer au deuxième feuillet. Le temps passe.

— Vous avez raison Monette…

— Non, moi c'est Monique. » Ça devait être contagieux, son truc à Monique, pensa le jeune homme. « Pardon Monique. »

Il fut au regret de leur annoncer que, bien que leur questionnement fût légitime, il leur fallait malgré tout aller de l'avant et laisser ce cadavre, sa mouche et la chienne continuer à errer en pleine mer, dans les bois ou en plein XVIIIe arrondissement si ça leur chantait. Une mémé du premier qui se trémoussait sur sa chaise depuis cinq bonnes minutes leva la main.

« Oui, Gisèle ? questionna Monique.

— Est-ce que je peux aller aux toilettes ?

— Mais bien sûr Gisèle. »

Guylain assista à l'envolée d'une demi-douzaine de mamies au milieu des bruits de cannes et de raclements de chaises. Tout ce petit monde trottina, roula, déambula clopin-clopant en direction des toilettes. Monique lui fit signe que l'heure tournait et qu'il aurait été bon d'attaquer une autre lecture. Il piocha au hasard une nouvelle peau vive parmi le tas posé à ses pieds :

« Depuis près de dix minutes, la voix d'Yvonne Pinchard se déversait dans les oreilles du prêtre. Le petit volet ajouré derrière lequel se tenait le père Duchaussoy peinait à filtrer le flot de paroles chuchotées qui s'engouffraient à gros bouillons de syllabes dans le confessionnal. Le ton geignard de la bonne femme charriait de pleines bouffées de repentir. De temps à autre, le curé murmurait un oui discret d'encouragement. Après plusieurs décennies de sacerdoce, il excellait dans cet art qui consistait à les inviter à poursuivre sans jamais les interrompre. Souffler doucement sur les braises, raviver la faute afin que naisse la pénitence. Ne pas mettre en travers de leur chemin un semblant de début de pardon. Non, les regarder aller au bout jusqu'à ce qu'enfin, ils s'affaissent d'eux-mêmes sous le poids du remords. Malgré le débit rapide de sa confession, Yvonne Pinchard en avait encore pour cinq bonnes minutes à vidanger son âme. Adossé à la cloison, l'homme d'Église cueillit dans ses mains un énième bâillement tandis que son estomac gargouillait de protestation. Le vieux curé avait faim. De ses premières années de prêtrise, il avait conservé cette habitude de souper frugalement les soirs de confessions. Une salade suivie d'un fruit de saison faisait souvent l'affaire. Ne pas s'alourdir plus que de raison et garder de la place pour tout le reste. Le poids des péchés n'était pas une vaine vue de l'esprit. Oh ! non. Deux heures de veillée pénitentielle pouvaient vous remplir et vous gaver le corps aussi sûrement qu'un banquet de communion. Un siphon d'évier, voilà ce qu'il était lorsqu'il se retrouvait confiné avec Dieu dans ce réduit minuscule. Ni plus ni moins qu'un de ces gros siphons qui récupèrent dans leur culot de métal toutes les salissures de la Terre. Les gens s'agenouillaient, déposaient sous son nez leurs petites âmes sales de la même manière qu'ils auraient glissé des souliers crottés de boue sous le filet d'eau du robinet. Un coup d'absolution et le tour était joué. Ils s'en retournaient du pas léger des purs. Lui quittait alors l'église d'une démarche poussive, la tête toute nauséeuse de cette fange qui avait pénétré ses oreilles. Mais à présent, l'usure des années aidant, il confessait sans joie, sans tristesse non plus, se contentant de plonger dans cette semi-torpeur qu'engendrait inévitablement la douillette atmosphère du confessionnal. »

Dans la foulée, il saisit un troisième feuillet avant l'avalanche de questions qui n'allait pas manquer de survenir s'il tardait trop. L'horloge suspendue au-dessus de la double porte affichait déjà 11 heures passées de 15 minutes.

« L'auto-stoppeuse lui avait dit s'appeler Gina. John avait en vain tenté d'accrocher le regard de la jeune femme caché derrière les imposantes lunettes de soleil. Pour la énième… »

« Monsieur Vagnol, je crois que Mme Lignon a quelque chose à vous demander », intervint Monique.

La grand-mère en question était une grande dame sèche qui se tenait raide comme la justice aux côtés de Monique. Une sculpture de Giacometti en chair et en os, pensa Guylain.

« Mais pas de problème, je vous écoute.

— Allez-y Huguette, l'encouragea Delacôte *number one*.

— Voilà monsieur, j'ai été institutrice pendant près de quarante ans et j'ai toujours adoré ces exercices de lecture à voix haute et je serais ravie de pouvoir lire une petite page.

— Mais ce sera avec grand plaisir. Huguette, c'est ça ? Allez-y, installez-vous, Huguette. »

Après que les deux serres qui lui servaient de mains lui eurent arraché la page d'entre les doigts, elle prit place sur le fauteuil. Les lunettes métalliques posées en équilibre sur son nez lui conféraient un air de vieille institutrice en retraite, ce qui tombait très bien pensa Guylain puisque c'est ce qu'elle était. Aussitôt, le silence se fit dans la classe. Sa voix était étonnamment claire si ce n'était un léger chevrotement certainement dû à l'émotion :

« L'auto-stoppeuse lui avait dit s'appeler Gina. John avait en vain tenté d'accrocher le regard de la jeune femme caché derrière les imposantes lunettes de soleil. Pour la énième fois depuis qu'elle était montée à bord, Gina croisa ses jambes, des jambes galbées et qui semblaient interminables. Le crissement soyeux des bas Nylon mit John au supplice. »

Guylain sursauta. La dernière phrase prononcée par Huguette Lignon lui avait congelé la sueur. Il comprit dans l'instant qu'il allait y avoir un petit souci. Depuis qu'il récupérait des peaux vives dans les entrailles de la Zerstor, il n'avait jamais pris soin d'en faire une lecture préliminaire, préférant délivrer le texte sans en connaître par avance le contenu. En toutes ces années de pratique, jamais jusqu'à présent il n'était tombé sur le genre d'extrait qu'était en train de débiter Huguette, une Huguette aux anges qui s'appliquait du mieux qu'elle pouvait à mettre le ton juste mais qui ne semblait pas s'être rendu compte pour l'instant de ce vers quoi elle glissait. Ni d'ailleurs le reste de l'assemblée pendue à ses lèvres.

« Tandis qu'il s'efforçait de regarder la route droit devant lui, la femme lui demanda du feu. Il n'avait pas pour habitude de laisser qui que ce soit fumer dans son bahut mais il se surprit à tendre son briquet. Elle saisit son poignet des deux mains et approcha la flamme de la Chesterfield coincée entre ses lèvres, deux lèvres pulpeuses rehaussées d'une touche de Gloss. Elle plongea le buste vers le cendrier, effleurant de son sein gauche le biceps musclé de John qui frissonna au contact de cette poitrine d'une fermeté délicieuse. »

Nom de Dieu, c'était bien ce qu'il craignait. Ils couraient tout droit à la catastrophe s'il n'intervenait pas rapidement. Il lui fallait stopper tout ça avant que John et Gina ne se retrouvent complètement à poil et étendus sur la couchette

du camion à se tripatouiller les muqueuses. Et au train où allaient les choses, ça risquait fort d'arriver avant le bas de la deuxième page !
« Huguette, je crois qu'il serait préféra...

— Chut ! » C'était là un chut unanime, scandé par une assemblée qui ne perdait pas une miette du récit et qui faisait comprendre à Guylain que toute intervention de sa part serait pour l'heure des plus malvenues. Il attira l'attention de Monique de un ou deux claquements de doigts mais celle-ci était entièrement hypnotisée par le récit en cours. Quant à sa sœurette, appuyée contre le mur, yeux fermés, elle buvait de toutes ses oreilles la voix de plus en plus claire et de moins en moins chevrotante d'Huguette qui poursuivait sa route sans dévier de son cap.

« Sous l'effet du désir intense qui montait en lui, le routier se sentit bientôt un peu trop à l'étroit dans son jeans moulant. Cette femme était le diable, un diable désirable qui basculait à chaque expiration la tête en arrière le temps de recracher vers le plafonnier la fumée de sa cigarette, reins cambrés et la poitrine tendue en avant. Elle ôta ses lunettes, dévoilant deux yeux d'un bleu intense. Accoudée à la portière, elle se tourna vers John de trois quarts et entrouvrit ses jambes en une pose lascive. Alors, n'y tenant plus, l'homme immobilisa le trente-huit tonnes sur le bas-côté de la nationale 66 dans un grand nuage de poussière et se jeta sur la femme qui s'offrit à lui sans résistance aucune. En même temps qu'il arrachait la culotte de dentelle, il goûta à pleine bouche ces lèvres qui s'ouvraient à lui. Gina glissa une main experte dans le pantalon de John à la recherche du sexe turgescent. »

Un coup de klaxon appuyé ramena tout ce petit monde à la réalité. Le taxi piaffait de tous ses warnings au milieu de l'allée gravillonnée. Quelques pensionnaires vinrent trouver Guylain pour le remercier chaleureusement de sa visite, déplorant sa brièveté. Il y avait de la couleur sur les joues, de la lumière dans les regards. Il semblait que la lecture d'Huguette avait ramené un peu de vie aux *Glycines.* Une brave dame, la serviette déjà passée autour du cou pour le repas, demandait à qui voulait l'entendre la signification du mot turgescent. Guylain fila, non sans avoir promis de revenir le samedi suivant. Il ne s'était pas senti aussi vivant depuis longtemps.

15

La clé entra dans la vie de Guylain Vignolles par le plus grand des hasards. Il aurait pu ne pas la voir ou même tout simplement l'ignorer. Elle aurait pu également atterrir entre d'autres mains, suivre un autre destin. Toujours est-il qu'en ce petit matin frisquet de mars, elle jaillit du strapontin tandis qu'il en basculait l'assise. Une petite chose de plastique à peine plus grosse qu'un domino et qui rebondit sur le sol du wagon avant de s'immobiliser entre ses pieds. Il pensa d'abord à un briquet avant de s'apercevoir qu'il s'agissait d'une clé USB, une anodine clé USB de couleur grenat. Il la ramassa, la tourna entre ses doigts sans trop savoir qu'en faire avant de la glisser dans la poche de sa veste. La lecture des peaux vives qui s'ensuivit fut des plus machinale, tant son esprit était accaparé par ce concentré de mémoire qui reposait dans le fond de sa poche. Ce fut à peine s'il entendit les gueulantes de Kowalski, à peine s'il prêta attention aux sourires narquois de Brunner. Même les tirades d'Yvon à la pause de midi ne parvinrent pas à le détourner de ses pensées. Et ce soir, son premier geste lorsqu'il rentra chez lui ne fut pas de nourrir Rouget de Lisle comme à son habitude mais de se ruer sur son ordinateur portable pour y insérer la clé et en violer l'entrée d'un double-clic.

Dépité, Guylain contempla l'écran dix-neuf pouces. La clé ouvrait sur un désert. Perdu au centre de l'immensité luminescente, l'unique dossier qu'elle contenait portait le nom peu évocateur de « Nouveau dossier » et ne laissait pas présager de perspectives bien passionnantes. Un bref appui de l'index sur la souris déverrouilla les portes de l'inconnu. Ils étaient au nombre de soixante-douze, soixante-douze fichiers texte sans autre appellation que celle de leur numéro respectif. Intrigué, Guylain échoua le curseur sur le premier d'entre eux et cliqua nerveusement.

1.doc

Une fois l'an, à l'équinoxe de printemps, je recompte. Comme ça, juste pour voir, vérifier que rien jamais ne change. À ce moment de l'année si particulier où la nuit et le jour se partagent le temps en une même part égale, je recompte avec, nichée derrière la tête, l'idée saugrenue que peut-être, oui, un jour peut-être, même une chose a priori aussi immuable que le nombre de faïences qui tapissent mon domaine du sol au plafond puisse changer. C'est aussi vain et idiot que de croire en l'existence du prince charmant mais il y a en moi cette parcelle de petite fille qui ne veut pas mourir et qui, une fois par an, veut croire au miracle. Je les connais par cœur mes faïences. Malgré l'assaut journalier des coups d'éponge et des détergents, beaucoup sont restées éclatantes comme au premier jour et ont su conserver intacte cette glaçure légèrement laiteuse qui nappe leur terre cuite. À vrai dire, celles-là m'intéressent peu. Leur trop grand nombre a fait de leur perfection une banalité sans attrait. Non, mes attentions vont plutôt aux éclopées, aux fendillées, aux jaunies, aux ébréchées, à toutes celles que le temps a estropiées et qui donnent à l'endroit, outre ce petit cachet vieillot que j'ai fini par aimer, une touche d'imperfection qui étrangement me rassure. « C'est dans les cicatrices des gueules cassées que l'on peut lire les guerres, Julie, pas dans les photos des généraux engoncés dans leurs uniformes amidonnés et tout repassés de frais », m'a dit un jour ma tante tandis que toutes deux briquions les carreaux à grands coups de peau de chamois pour leur rendre leur lustre d'antan. Je me dis parfois que le bon sens de ma tante mériterait d'être enseigné en faculté. Mes gueules cassées à moi témoignent qu'ici comme ailleurs l'immortalité n'existe pas. Parmi tout ce petit monde d'esquintées, j'ai bien sûr mes préférées, comme celle située en haut à gauche du troisième robinet et dont l'éclat manquant dessine une jolie étoile à cinq branches ou cette autre à la brillance à jamais disparue et dont l'aspect étrangement terne contraste avec la pureté étincelante de ses congénères du mur nord.

Ainsi donc, ce matin, en ces premières heures du printemps, j'ai arpenté mon domaine carrelé, stylo et carnet en main, afin de procéder au grand comptage annuel de mes faïences. Mes déambulations obéissent à une logique toute cartésienne qui consiste à progresser du plus facile au plus ardu, du plus visible au moins accessible. Aussi, le recensement débute-t-il toujours par les deux vastes murs qui courent de part et d'autre de l'escalier qui mène à mon domaine. Suivent les parois nord et ouest à l'angle desquelles se trouve la petite table qui me tient lieu de bureau. Ne pas omettre au passage d'ouvrir les deux battants du cagibi pour répertorier les quelques faïences qui en tapissent les cloisons, des faïences plongées dans les ténèbres du matin au soir au milieu des balais, des seaux, des bidons de détergent et des serpillières. De temps à autre, il me faut suspendre le décompte, le temps d'apposer sur le carnet à spirales le résultat de mes relevés. D'un coup d'épaule, j'entrouvre la large porte battante qui donne sur le secteur des femmes. Là, je balaie de mon regard affûté le pourtour des miroirs, la surface des paillasses, le dessous des éviers. Après avoir inspecté une à une les huit cabines, fouaillant des yeux les recoins sombres afin de débusquer les carreaux noyés dans la pénombre, je ressors pour procéder de même avec le secteur des hommes, domaine en tout point identique à celui de l'autre sexe si ce ne sont les six pissotières qui ornent le mur du fond.

Assise devant la table, j'ai saisi la calculette électronique rangée dans le tiroir pour y entrer fébrilement un à un les chiffres inscrits sur le carnet. Comme tous les ans, mon cœur s'est mis à battre un peu plus vite à l'instant où mon doigt appuyait sur la touche EXE. pour la grande addition finale. Et bien sûr, comme tous les ans, c'est ce même nombre désespérant qui a envahi l'écran. 14 717. Je rêve toujours d'un nombre plus chaleureux, plus rondouillard, plus agréable à l'œil. Un nombre avec en son sein quelques zéros bien ventrus, voire des huit, des six ou des neuf pansus à souhait. Un beau trois, généreux comme une poitrine de nourrice, suffirait amplement à mon bonheur. 14 717, c'est tout en os, un nombre pareil. Ça vous expose sa maigreur sans détour, vous agresse la rétine de l'aigu de ses angles. Quoi que vous fassiez, une fois posé sur le papier, ça reste toujours une suite de droites fracturées. Il suffirait d'une seule faïence de plus ou de moins pour habiller ce nombre antipathique d'un début de rondeur avenante. J'ai remisé la calculette dans son étui en soupirant. 14 717. Il va me falloir cette fois encore me contenter de ce nombre disgracieux pour les douze mois à venir.

Par trois fois, malgré toute la fatigue du jour qui incendiait ses yeux, Guylain relut le texte. Et à chaque fois, il déambula aux côtés de cette femme avec un même ravissement. Après s'être concocté un thé bien noir, il imprima le tout et se glissa sous la couette avant d'entamer la lecture du deuxième document. Jusqu'au milieu de la nuit, Guylain lut un à un les soixante-douze textes en une dévoration jubilatoire. La dernière page parcourue, il sombra dans le sommeil, plein de cette Julie et de son petit monde carrelé qui venaient de surgir dans sa vie.

16

Ce matin, Guylain ne compta pas en descendant l'avenue. Rien, ni ses pas, ni les platanes, ni les voitures en stationnement. Pour la première fois, il n'en ressentit pas le besoin. Dans la lumière du jour naissant, le tag du rideau de fer de la librairie La Concorde lui sembla plus coloré qu'à l'accoutumée. La serviette de cuir pesait agréablement au bout de son bras droit, se balançant au rythme de sa marche. Plus loin, il fendit sans qu'aucun dégoût ne le submerge les bouffées de graisse chaude que vomissait continuellement le soupirail de la boucherie Meyer et fils. Partout, ce n'était que reflets et scintillements. La brève averse du milieu de la nuit avait embelli chaque chose en la vernissant de son eau. Au 154, il ne manqua pas de saluer le vieil-homme-en-chaussons-et-pyjama-sous-son-imper. Le vieux souriait d'aise à la vue de Balthus qui arrosait d'un long jet dru le pied de son arbre. Guylain grimpa la volée de marches qui menaient au quai et rejoignit sa ligne. Elle s'étirait au milieu de la grisaille, plus blanche que jamais. La rame de 6 h 27 entra en gare à 6 h 27 précises. Le strapontin s'ouvrit sans gémir lorsqu'il en bascula l'assise. Il sortit la chemise cartonnée de la serviette posée à ses pieds. Si le procédé ne différait en rien des autres jours, il apparut aux plus subtils des observateurs que les gestes du jeune homme étaient moins mécaniques qu'à l'accoutumée. Le mal-être qui figeait habituellement ses traits en un masque triste avait disparu. Ces mêmes observateurs purent également remarquer que buvards et pelures de papier avaient laissé la place à des feuilles ordinaires format A4. Sans même attendre le départ de la rame, Guylain parcourut le premier texte d'une voix posée :

« 8.doc

J'aime bien arriver tôt au centre commercial. Glisser le sésame dans la serrure de la petite porte latérale qui se trouve au fond du parking. C'est mon point d'entrée, cette insignifiante porte d'acier taguée de bas en haut. Accompagnée du seul claquement de mes pas qui rebondit sur les rideaux métalliques des boutiques, je remonte la grande allée centrale en direction de mon domaine. Toute ma vie, je me souviendrai de la phrase que m'a dite ma tante tandis que, du haut de mes 8 ans, je trottinais pour la première fois à ses côtés dans cette même allée pour l'accompagner à son travail. “Tu es la princesse, ma Julie, la princesse du palais !” La princesse a vieilli, mais le royaume n'a guère changé. Un royaume de plus de cent mille mètres carrés complètement désert et qui n'attend plus que ses sujets. Je salue au passage les deux malabars chargés de la sécurité pour la nuit et qui bouclent leur dernier tour de ronde avant de rentrer au bercail. Ils se fendent souvent d'un petit mot gentil à mon égard. Je prends toujours le temps de caresser au passage la tête du bas-rouge muselé qui les accompagne. Un faux dur, m'a confié un jour Nourredine, le maître du chien. J'aime ce moment particulier, quand la planète semble suspendre sa course, le temps pour elle de faire son choix entre la lumière du jour naissant et le noir de la nuit qui se meurt. Je me dis qu'un jour peut-être, la Terre ne va pas reprendre sa rotation et s'immobilisera à jamais tandis que la nuit et le jour camperont chacun sur leur position respective, nous plongeant dans une aube permanente. Je me dis alors que, baignées de cette lueur crépusculaire qui donne un ton pastel à toute chose, les guerres seront peut-être moins moches, les famines moins insupportables, les paix plus durables, les grasses matinées plus fades, les soirées plus longues et que seul le blanc de mes faïences ne changera pas et conservera son éclat sous la lueur froide des néons.

À l'intersection des trois allées principales, la grande fontaine m'offre son glouglou rassurant. Quelques pièces de monnaie luisent dans le fond du bassin, des pièces jetées là par quelques couples d'amoureux ou des joueurs de loto superstitieux. Il m'arrive parfois à moi aussi d'en balancer une en passant, lorsque l'envie m'en prend. Comme ça, pour le seul plaisir de les voir scintiller tandis qu'elles s'enfoncent sous la surface en tournoyant sur elles-mêmes. Peut-être aussi parce qu'il reste en moi encore un peu de cette petite fille de 8 ans qui attend que son prince charmant daigne enfin venir la libérer. Un vrai prince charmant qui, après avoir garé son beau destrier blanc dans le parking (une Audi A3 ou une DS intérieur cuir par exemple), fera halte chez moi pour vider sa vessie avant de m'emporter dans ses bras pour une longue aventure amoureuse. Faut que j'arrête de feuilleter *Nous Deux* moi. Ça me tape un peu trop sur les œstrogènes des lectures pareilles.

Je cascade la quinzaine de marches qui s'enfoncent sous la surface du centre commercial pour rejoindre mon lieu de travail. À l'aide de mon deuxième sésame, j'actionne le mécanisme qui fait remonter le rideau de fer. Ça fait un bruit terrifiant, comme si, au-dessus de ma tête, une mâchoire géante pilait le métal au fur et à mesure que celui-ci se faisait avaler par le plafond. Il me reste alors une heure avant l'ouverture des portes. C'est mon heure à moi, cette heure passée devant ma petite table de camping à relire et à recopier les écrits de la veille sur mon ordinateur avant l'arrivée des clients. J'aime cette idée qu'ils ont mûri pendant la nuit, ces écrits, comme une pâte à pain que l'on a laissée lever et que l'on retrouve au petit matin bien gonflée et odorante. Et en cet instant, le cliquetis des touches du clavier azerty est à mes oreilles la plus belle des musiques. Quand j'en ai fini et après avoir rangé le PC dans sa housse, je passe la blouse bleu ciel qui me sert d'uniforme. Une mocheté en Tergal tout ce qu'il y a de plus ordinaire et qui me fait ressembler à une guichetière de la Poste des années 70. Si avec ça, l'habit ne fait pas le moine, alors comme dirait ma tante : Que sainte Aude Javel, la sainte patronne des dames-pipi, soit damnée ! C'est l'heure de Josy et du petit déjeuner. Josy (elle a horreur qu'on l'appelle Josiane) est shampouineuse au salon qui se trouve au premier. Elle est tout ce que je ne suis pas. Elle fait dans le beau, je travaille dans le laid. Elle est frivole, je suis plutôt du genre sérieux. Elle est exubérante, j'appartiens plutôt à la famille des coincées refoulées. Peut-être est-ce pour ça qu'on s'entend bien, Josy et moi. C'est toujours un peu de soleil qui entre quand elle arrive ici. On se raconte nos peines et nos joies autour d'un croissant et d'un café. On papote, on parle clients. Comment un tel lui a demandé une teinture vert pomme, comment un autre m'a pété une chasse d'eau parce que ce con n'avait pas compris qu'il fallait pousser et pas tirer. On refait le monde, on se raconte nos rêves, on pique des fous rires dignes d'ados pubères avant de nous souhaiter une bonne journée et à demain. Son jour de repos tombe le mardi. Ces jours n'ont pas la même saveur. Ces jours-là, il manque quelque chose d'indéfinissable, comme une épice oubliée dans la confection d'un plat. Je n'aime pas les mardis. »

Avant de quitter son studio, Guylain avait substitué aux peaux vives de la veille des textes de Julie. Ça s'était fait sans même qu'il se posât la question du pourquoi. Le jeune homme trouvait tout naturel de restituer de petits fragments de la jeune femme là même où il les avait trouvés. Il aimait cette idée qu'un jour peut-être, Julie se trouverait là avec eux, cheminant dans cette rame bondée à l'écoute de ses propres écrits.

« 36.doc

Le gros de 10 heures est encore venu aujourd'hui. Toujours le même manège. Il déboule dans l'escalier de sa démarche balourde d'hippopotame décérébré et va droit à sa cabine sans même un bonjour, manquant à chaque fois de renverser la table au passage. Le gros de 10 heures ne dit jamais bonjour, pas plus qu'au revoir d'ailleurs. Sans un mot, sans un regard, il se rue sur la cabine n° 8, celle du fond. Je ne l'ai jamais vu en prendre une autre que la 8. Et si par malheur, celle-ci est déjà occupée, alors monsieur attend, trépigne, piétine, fait le pied de grue devant la porte en piaffant d'impatience. Ce type respire la suffisance et le manque de savoir-vivre. Une tronche à conduire du 4×4 de ville et à se garer sur les places handicapés. Ça va faire près de deux mois que ce mec vient me dégueulasser la 8 tous les jours à 10 heures pétantes au milieu de bruits de fin du monde et je n'ai toujours pas osé lui glisser la plus petite des remontrances pourtant ô combien ! méritée. Parce que attention, quand je parle de « dégueulasser », n'y voyez pas là une simple vue de l'esprit. Sans compter que ce malotru me dévide un plein rouleau de ouate à chaque fois et ne se donne surtout pas la peine d'appuyer sur le bouton-poussoir de la chasse d'eau. Il me faut repasser derrière le fondement de Sa Majesté pendant près de dix minutes pour redonner un minimum de décence à l'endroit. Le pire, c'est que l'ignoble ressort de ma 8 propre comme un sou neuf, la veste impeccable, le pli du pantalon bien en place, tout comme il faut. Mais la goutte d'eau qui fait déborder le bidet, comme dit toujours tantine, c'est le pourboire. Ce radin adipeux ne me laisse jamais plus qu'une de ces insignifiantes piécettes cuivrées de cinq centimes qu'il jette négligemment dans ma soucoupe. J'essaie à chaque fois d'accrocher son regard, histoire de lui signifier mon courroux, mais cet enfoiré n'a jamais daigné tourner la tête. Pour lui, j'existe à peine plus que la soucoupe de porcelaine dans laquelle il balance son aumône. Ce type est un vicelard de première catégorie. Du genre à se sortir indemne de toutes les situations. Mais je ne désespère pas. Et comme dit la pub : Un jour, je l'aurai ! »

À l'évocation de ce gros de 10 heures, Guylain n'avait pu s'empêcher de penser à Félix Kowalski. Il n'aurait su faire meilleure description de son chef. Le mur d'enceinte de l'usine aujourd'hui lui parut plus haut que jamais.

17

Yvon salua l'entrée de Guylain de trois alexandrins de circonstance :

Fais énergiquement ta longue et lourde tâche
Dans la voie où le sort a voulu t'appeler,
Puis après, comme moi, souffre et meurs sans parler.

« *La mort du loup,* Alfred de Vigny », lança Guylain en direction de la guérite tandis qu'il glissait sa maigre carcasse entre les grandes portes du hangar.

Il n'était pas de semaine sans que le gardien lui déclamât ces trois vers. Contrairement aux autres jours, Brunner ne se contenta pas de rester appuyé contre le tableau de commande de la Chose à son arrivée. Il alla d'emblée à sa rencontre et lui emboîta le pas, le poursuivant jusque dans les vestiaires. Le grand échalas sautillait d'aise en ricanant. À le voir ainsi lui tourner autour comme un jeune clébard excité, Guylain comprit tout de suite qu'il avait quelque chose à lui annoncer. « C'est quoi le problème, Lucien ? »

L'autre, qui n'attendait que ça, tira de sa poche la feuille siglée du nom de la compagnie et l'agita sous son nez en souriant de toutes ses dents : « C'est prévu pour le mois de mai, monsieur Vignolles. Cinq jours à Bordeaux aux frais de la princesse. » Ce con avait fini par décrocher son passeport pour la prochaine session de certification pour conduire la Zerstor. Brunner allait pouvoir assouvir enfin son rêve : foutre en route la Chose. Les grimaces d'extase de ce psychopathe à chaque fois qu'il envoyait un nouveau godet de livres en enfer insupportaient de plus en plus Guylain. Un bourreau se devait de rester impassible et de ne pas montrer ses sentiments, ça avait toujours été son point de vue. Giuseppe lui avait appris à ne considérer la multitude que dans son ensemble. Ne t'attarde pas sur les détails, petit, ce sera plus facile, tu verras, lui avait-il conseillé. Si, par malheur, un livre parvenait malgré tout à capter son attention, alors il filait au cul de la Zerstor et plongeait son regard dans la pâte grise jusqu'à ce que l'image imprimée sur sa rétine disparaisse. Brunner pratiquait l'inverse. Cette ordure prenait un malin plaisir à s'intéresser de près à ce qu'il détruisait. Il lui arrivait d'extirper un exemplaire de la montagne pour le compulser avec dédain avant d'en arracher la couverture et de balancer la dépouille dans la gueule avide. Il savait que Guylain n'aimait pas ça et il en rajoutait souvent. Sa voix crépitait alors dans les écouteurs au milieu du flot de parasites : « Eh ! monsieur Vignolles, vous avez vu, c'est les Renaudot de l'année dernière. Ils ont encore leur bandeau rouge, les cons ! »

Dans ces moments-là, même si le règlement l'interdisait formellement, Guylain coupait la liaison radio pour ne plus entendre les réflexions haineuses de Brunner. Ce matin, l'état d'abrutissement dans lequel le plongeaient inexorablement les coups de boutoir répétés de la Zerstor mit plus de temps qu'à l'accoutumée à prendre possession de son esprit. Julie était là avec lui, bien au chaud sous son casque. À la pause de midi, il rejoignit la guérite du gardien et grignota sans appétit un paquet de gâteaux apéritifs accompagnés d'une tasse de thé noir offerte par Yvon. Ruy Blas accompagna sa mastication. Acte III, scène 2. Yeux clos, la tête appuyée contre la vitre qui tremblait sous la puissante voix d'Yvon, Guylain écouta le laquais amoureux de sa reine remplir de ses alexandrins la cahute de tôle. L'idée d'importer Yvon Grimbert aux *Glycines* jaillit alors dans son esprit. Le jeune homme imagina en souriant le gardien racontant ces intrigues tortueuses et ces drames d'un autre âge à un parterre de *glyciniens* médusés. L'homme méritait un vrai public, fût-ce un public composé de vieillards fatigués. Guylain attendit qu'Yvon en ait terminé de sa tirade pour lui soumettre son idée : « Ce samedi, je suis allé faire une séance de lecture dans une maison de retraite à Gagny. J'y retourne à la fin de la semaine. Ce sont des gens charmants. Ils voudraient que je vienne tous les samedis. Alors je me disais comme ça que ce serait bien si vous vouliez bien m'accompagner et leur faire aussi un peu de lecture. » Guylain n'était jamais parvenu à tutoyer Yvon. La différence d'âge n'y était pour rien. Il avait tutoyé sans difficulté Giuseppe pourtant plus vieux que le gardien. Plus qu'une marque de respect, ce « vous » embrassait tous les personnages qu'incarnait le bonhomme à longueur de journée. Yvon accueillit avec enthousiasme cette idée d'exporter sa voix hors de la guérite minuscule. Devant son emballement, Guylain émit toutefois quelques réserves quant aux facultés du public à parvenir à suivre sans mal la règle des trois unités du théâtre classique. Yvon le rassura :

Fi des guerres de pouvoir, des trahisons sublimes,
De tous ces princes noirs qui mûrissent leur crime,
Peu importe l'histoire, pourvu que chante la rime
Et que vive l'espoir d'atteindre enfin les cimes.

Tandis qu'Yvon échafaudait déjà un programme de lectures dramaturgiques allant de Pierre Corneille à Molière en passant par Jean Racine, Guylain lui rappela que tout cela n'était encore qu'à l'état de projet et qu'il restait à négocier son droit d'entrée auprès des Delacôte *sisters.* Le jeune homme regarda sa montre et fila précipitamment. Il était convoqué à 13 h 30 précises à la médecine du travail pour passer sa visite annuelle obligatoire. Une assistante pâlotte l'accueillit en lui demandant d'ôter ses vêtements à l'exception du slip. Elle le pesa, le mesura, vérifia l'ouïe, la vue, prit sa tension, trempa la petite languette dans le flacon d'urine préalablement rempli par ses soins. Cinq minutes plus tard, un toubib au bronzage couleur pain d'épice appelait Guylain pour une auscultation des plus sommaires. « Bon, tout va bien, monsieur… Vignolles, c'est ça, Guylain Vignolles. Pas de problème particulier à signaler ? Je vois que vous semblez en forme, malgré un poids à la limite inférieure de la courbe. »

Non, tout ne va pas si bien que ça, eut envie de rétorquer Guylain. J'attends le retour d'un père mort depuis vingt-huit ans, ma mère me croit cadre dans une société d'édition. Tous les soirs, je raconte ma journée à un poisson, mon boulot me dégoûte à tel point qu'il m'arrive de dégueuler tripes et boyaux, et enfin pour couronner le tout, je suis en train de tomber sous le charme d'une fille que je n'ai jamais vue. En résumé, donc, pas de problème, sauf que je suis quand même dans tous les domaines un petit peu « à la limite inférieure de la courbe », si vous voyez ce que je veux dire. Au lieu de cela, Guylain répondit un « Ça va » laconique. Après quelques recommandations sur la nécessité d'une bonne hygiène alimentaire, le médecin griffonna son verdict au bas du dossier. Ça se résumait à un mot, un petit mot qui donnait à Guylain le droit de poursuivre le massacre en toute impunité : Apte.

À la sortie du boulot, Guylain se rendit chez Giuseppe. Il fallait parfois plus qu'un poisson rouge pour accueillir ses états d'âme. Pendant près d'une demi-heure, il lui parla de la clé, expliqua comment il avait dévoré les soixante-douze documents qu'elle contenait. Enthousiaste, il lui parla de Julie, comment la jeune femme couchait son quotidien sur de petits calepins au milieu des 14 717 faïences qui l'entouraient. Attentif, le vieil homme ne perdit pas une miette des paroles de son ami.

« Comment pourrais-je la retrouver ? Je ne sais rien d'elle », se lamenta Guylain. Giuseppe sourit : « Tu en sais beaucoup plus que tu ne penses, jeune défaitiste, le rassura-t-il. Tu crois que mes jambes ont repoussé en un jour, dit-il en montrant du doigt les étagères qui croulaient sous les Freyssinet. Tu as la clé sur toi ? Télécharge-moi ces textes, que j'étudie tout ça d'un peu plus près. Des WC publics avec des dames-pipi dans des centres commerciaux, ça ne doit pas courir les rues. »

Au moment de se séparer, Giuseppe lui serra longuement la main. « J'ai comme l'impression que tu viens de trouver ta quête toi aussi », lui glissa le vieil homme amusé.

18

Tous les jeudis soir, à l'instant où le buste endimanché du présentateur vedette et sa tête de premier de la classe surgissaient dans le poste, Guylain téléphonait à sa mère. Pourquoi le jeudi et pas un autre jour ? Il aurait été bien incapable de l'expliquer. Ça s'était fait comme ça, sans raison particulière. Avec le temps, ce coup de fil du jeudi soir était devenu un rituel auquel il ne pouvait plus déroger. Il la savait là, douillettement installée dans le fauteuil du salon, fixant la télé sans vraiment la voir, figée dans ce perpétuel abrutissement où l'avait laissée le départ de son mari ce jour d'août 1984. Vingt-huit ans s'étaient écoulés depuis mais Guylain ne parvenait toujours pas à employer le terme « mort » lorsqu'il évoquait son père. Quelques jours après l'accident, l'enfant qu'il était alors lui avait rendu une dernière visite. Il gardait le souvenir d'un corps inerte sur un lit d'hôpital.

Pendant de longues minutes, Guylain n'avait pu détacher son regard du tuyau qui pénétrait dans la bouche de son père. Fasciné, il avait contemplé le visage frémissant à chaque nouveau va-et-vient de l'infernale machinerie qui étirait ses soufflets à la droite du lit. Un homme en blouse blanche était venu trouver son grand-père et avait évoqué un départ imminent au milieu d'un filet de mots chuchotés. Aussi, lorsque deux jours plus tard le garçonnet avait vu à la télé ces hommes casqués et engoncés dans leur imposant scaphandre orangé saluer la foule du haut de la passerelle, son cœur avait bondi dans sa poitrine. Les visières abaissées ne laissaient rien paraître de leur visage. Tous avaient ce tuyau qui sortait de leur casque, ce même tuyau qu'il avait vu à l'hôpital. Son père était là, il en avait eu la certitude, parmi ces silhouettes qui se dirigeaient d'une démarche pataude vers l'écoutille pour disparaître dans le ventre du grand vaisseau. À 12 h 41 ce 30 août 1984, devant les yeux émerveillés de Guylain, la navette Discovery s'était arrachée de son pas de tir dans un bruit assourdissant, emportant les six hommes dans l'espace. Et quand une heure plus tard, sa grand-mère était venue lui annoncer d'une voix brisée par la douleur que son père était parti, il n'avait rien trouvé d'autre à répondre que ces deux mots : Je sais. Après toutes ces années, le gamin de 8 ans qui survivait en lui avait gardé l'espoir absurde que ce père qui se baladait d'étoile en étoile lui reviendrait un jour. Rien, pas même les pelletées de terre qui avaient claqué sur le bois vernissé du cercueil, n'était parvenu à le convaincre du contraire.

Sa mère ne décrochait jamais avant la troisième sonnerie. Trois sonneries, le temps qu'il fallait pour s'ébrouer au sortir de l'absence.

« Salut maman.

— Ah ! c'est toi. »

Il sourit. Toutes les semaines, elle lui servait cette même réplique en guise de prélude au grand jeu des questions-réponses. Quel temps faisait-il à Paris ? Est-ce qu'il n'avait pas été embêté par la dernière grève des transports ? Des questions auxquelles il répondait de manière évasive, craignant déjà ce moment où il allait devoir mentir à sa propre mère. Survint alors dans la conversation le sujet tant redouté. Ça ne loupait jamais : « Toujours dans tes livres ? »

Elle ne savait rien, sa mère. Rien de l'usine, ni de ce sale office de bourreau qui était le sien. Des années d'imposture à taire le pire en s'inventant un meilleur, à se construire une existence factice, rien que pour elle. Celle d'un Guylain qui mangeait et buvait autre chose que des céréales fadasses accompagnées de thé pisseux, un Guylain qui ne passait pas ses journées à réduire des tonnes de livres en bouillie. Ce Guylain Vignolles-là ne partageait pas sa vie avec un poisson rouge. Responsable adjoint de publications au sein d'une société d'imprimerie, ce Guylain qu'il lui dépeignait tous les jeudis soir croquait la vie à pleines dents. Le mensonge n'avait cessé de s'engraisser, coup de fil après coup de fil, avec à chaque fois cette peur au ventre qu'elle finisse par renifler la tromperie au milieu de ses silences malgré les quatre cents kilomètres qui les séparaient. Le jeune homme ne retournait au village qu'une à deux fois par an. De courts séjours pendant lesquels il passait le plus clair de son temps à fuir. Fuir les questions de sa mère, fuir les mauvais souvenirs et tous ces types qui continuaient de l'appeler Vilain Guignol en lui demandant de les remettre alors qu'il avait mis des années à parvenir à s'en démettre, fuir une tombe en laquelle il n'avait jamais cru.

Ce soir encore, tandis qu'il reposait le combiné sur son socle après avoir une fois de plus mystifié sa mère, Guylain ne put contenir plus longtemps la vague de bile qui montait à l'assaut de sa gorge.

19

Le gris du béton a disparu sous la couche de boue qui submerge le sol de l'usine. Les chevilles engluées dans la vase puante, armés de pelles, Brunner et lui balancent sans discontinuer de pleins paquets de mélasse dans l'entonnoir de la Zerstor. La Chose se gave de toute cette purée en émettant d'horribles clappements humides. Toutes les dix secondes, son cul de métal pond un nouveau livre qui s'envole aussitôt vers le plafond du hangar en battant l'air de toutes ses pages. Déjà, des bouquins par centaines tournoient dans l'entrepôt en un essaim menaçant qui plane au-dessus des hommes dans un tintamarre assourdissant. De temps à autre, un ouvrage se détache de la nuée pour plonger en piqué vers le sol avant de redresser sa course pour venir frôler les têtes en sifflant. Un bouquin plus volumineux que les autres a frappé Brunner en pleine tempe. Le grand échalas s'est affalé de tout son long dans la fosse remplie de boue. Le malheureux se débat avec frénésie mais ne parvient qu'à s'enliser un peu plus à chacune de ses gesticulations. Les vitres du bureau de Kowalski ont volé en éclats sous les assauts répétés des escadrilles de papier. Piégé dans sa tour, le gros n'a rien pu faire. Malgré le brouhaha ambiant, parvient à Guylain le bruit terrible des impacts des livres claquant contre les chairs molles du chef. Ses cris résonnent dans l'usine pendant près d'une minute avant de s'éteindre définitivement. Guylain n'a rien vu venir. Un dictionnaire lancé à pleine vitesse a percuté son genou droit, fauchant sa jambe d'appui. Un deuxième missile vient briser net le manche de la pelle. Il bascule tête la première vers le sol, hurlant de douleur. La boue s'engouffre par sa bouche grande ouverte, emplissant ses poumons. Il suffoque. Sa main tâtonne à la recherche de quelque chose à quoi s'agripper jusqu'à ce que ses doigts rencontrent ce filin surgi de nulle part.

La lampe de chevet s'écrasa au pied de la table de nuit, emportant avec elle l'aquarium de Rouget de Lisle qui se brisa en mille morceaux. Le poisson frétillait de toutes ses nageoires sur le tapis au milieu des éclats de verre. Son petit corps lançait des éclats orangés à chacun de ses soubresauts. Guylain s'empara du bol à céréales posé sur l'égouttoir de l'évier et le remplit d'eau avant d'y jeter un Rouget moribond. Après un ultime spasme, le poisson rouge reprit son rythme de croisière comme si de rien n'était et entama sous le regard soulagé du jeune homme un premier tour de bol. Guylain grimaça. Le cauchemar en se retirant avait déposé une vilaine migraine en travers de son front. La Chose, en plus de lui pourrir les jours, venait de plus en plus souvent vampiriser ses nuits. Au matin, il déjeuna de deux comprimés effervescents.

10 h 10. La deuxième séance de lecture aux *Glycines* l'attendait. Même taxi, même trajet. Et à l'arrivée, un accueil des plus chaleureux. À sa vue, une volée de grands-mères gazouillantes s'abattit sur le perron pour venir papillonner autour de sa personne en caquetant de tout leur dentier. Il en oublia presque son mal de crâne. Il serra des mains de droite et de gauche, des menottes aussi roses et fragiles que des biscuits de Reims. On lui tapota les joues, on lui sourit, on le mangea des yeux. Il était le liseur, celui qui apportait la bonne parole. Il eut droit à du Monsieur Vignal, Vignil, Vognal, Vagnul, à du Guillaume, du Gustin, du Guy tout court. Monique semblait avoir contaminé toute la communauté au cours de la semaine. Il réserva ses embrassades aux deux sœurs Delacôte qui

pâmèrent de reconnaissance. Ça sentait l'eau de Cologne, la laque à cheveux et le savon de Marseille. À l'abri dans le vaste hall, les moins vaillants finissaient de s'avachir sur eux-mêmes, indifférents à l'agitation ambiante. Des êtres en partance plongés dans l'attente d'un départ qui se refusait à eux. Poussé par Josette, tiré par Monique, Guylain glissa entre les deux rangées de morts-vivants pour pénétrer dans le réfectoire, soulagé de retrouver la grande pièce transformée en salle de spectacle pour l'occasion. Deux tables sur lesquelles avait été hissé le fauteuil faisaient office d'estrade. Au train où allaient les choses, pensa Guylain, dans un mois il aurait sa loge, et dans deux sa statue au fond du parc. Ça se bousculait, ça bougonnait, ça se bagarrait pour s'octroyer les meilleures places. Monique intervint pour jouer les placeuses et mettre un peu d'ordre. En maîtresse femme qu'elle était, elle établit les priorités en fonction des surdités et des handicaps divers qui frappaient la colonie. Ils sont encore plus nombreux que la dernière fois, songea Guylain. John et Gina y étaient peut-être pour quelque chose. Il se hissa sur son trône, impatient d'attaquer la lecture. D'un discret hochement de tête, Monique lui fit comprendre que la séance pouvait démarrer. Josette confirma d'une œillade appuyée.

« 4.doc

Quand on tient des toilettes publiques, quelles qu'elles soient, on n'est pas censée tapoter sur le clavier de son ordinateur portable pour y tenir son journal. On doit juste être bonne à torcher du matin au soir, à astiquer les chromes, à récurer, à briquer, rincer, réapprovisionner les cabinets en papier toilette et rien d'autre. On attend d'une dame-pipi qu'elle nettoie, pas qu'elle écrive. Les gens peuvent concevoir que je fasse des mots fléchés, des mots croisés, des mots mêlés, des mots cachés, des mots enfermés dans toutes sortes de grilles. Ces mêmes gens peuvent également admettre que je lise à mes heures perdues des romans-photos, des hebdos féminins, des magazines télé, mais que je pianote de mes doigts abîmés par l'eau de Javel sur le clavier d'un ordinateur portable pour y coucher mes pensées, ça, ça leur interpelle l'entendement. Pire, ça porte à suspicion. Il y a comme un malentendu, une erreur de casting. Dans le monde d'en bas, même un malheureux portable de dix pouces allumé à côté de la soucoupe des pourboires finira toujours par faire tache dans le paysage. Oh ! j'ai bien essayé de l'utiliser à mes débuts mon PC, mais j'ai tout de suite vu dans leurs regards parfois outrés que ça n'allait pas du tout, qu'il y avait comme de l'incompréhension et de la gêne, voir du rejet devant cette situation anormale. Il a fallu me rendre rapidement à l'évidence que les gens n'attendent en général qu'une seule chose de vous : que vous leur renvoyiez l'image de ce qu'ils veulent que vous soyez. Et cette image que je leur proposais, ils n'en voulaient surtout pas. C'était une vue du monde d'en haut, une vue qui n'avait rien à faire ici. Alors s'il y a une leçon que j'ai bien apprise en près de vingt-huit ans de présence sur cette Terre, c'est que l'habit doit faire le moine et peu importe ce que cache la soutane. Depuis, je fais illusion, je donne le change. L'ordinateur reste hors de vue, sagement remisé dans sa housse au pied de ma chaise. On laisse plus facilement la pièce à une jeune femme en train de tenter de résoudre laborieusement le jeu des sept erreurs du dernier magazine de mode tout en suçotant le capuchon de son stylo, qu'à cette même femme plongée dans la contemplation de l'écran lumineux de son PC dernier cri. Se couler sagement dans le moule, enfiler ce costume de dame-pipi pour lequel on me paie et tenir le rôle en collant au texte. C'est plus facile pour tout le monde, à commencer par moi. Et puis ça les rassure, les gens. Et comme le dit toujours ma tante, tantologisme n° 11 : Un client rassuré sera toujours plus généreux qu'un client perturbé. J'en ai un plein cahier de ses tantologismes, à ma tante. Je les collectionne depuis mon C.M.2

et m'en suis fait une petite réserve sur un carnet à spirales que je garde toujours à portée de main. Je pourrais vous les citer tous par cœur. Tantologisme n° 8 : Si un sourire ne coûte souvent rien, il peut en revanche rapporter beaucoup. Le 14 : Les petites courses ne font pas les grosses commissions. Le n° 5, le plus court, mon préféré : Uriner n'est pas jouer.

Avec le temps, j'ai appris à écrire sans en avoir l'air. Je noircis mes petits calepins sur la frêle table de camping qui me sert de bureau, griffonne leurs pages au milieu du foisonnement de papier glacé des magazines étalés devant moi. J'avance par petites touches. Il ne se passe plus une seule journée sans que j'écrive. Ne pas le faire serait comme de ne pas avoir vécu cette journée, de m'être cantonnée à ce rôle de dame-pipi-caca-vomi qu'ils veulent que j'endosse, une pauvre fille avec pour unique raison d'être cette fonction triviale pour laquelle on la paie. »

Guylain releva la tête. L'auditoire semblait ravi. Le silence qui régnait dans la salle n'avait rien de pesant. C'était le temps d'une digestion légère. Il pouvait lire sur ces visages marqués par les ans comme du bien-être. Guylain se réjouit de partager avec eux l'univers lisse et blanc de Julie.

« Ça se passe où ? » demanda une voix chevrotante. À cette interrogation, une forêt de bras s'était élevée vers le plafond. Avant même que Monique n'ait eu le temps de canaliser le flux, les réponses fusèrent de toutes parts :

« Dans une piscine, suggéra un pensionnaire.

— Un centre de cure thermale, proposa un autre.

— Dans des toilettes publiques, ânonna un chauve au premier rang.

— Ça ne veut rien dire, Maurice, ce que tu dis. On le sait bien que ça se passe dans des toilettes mais y en a partout, des toilettes publiques. Ça ne nous dit pas où elles se trouvent.

— Un théâtre, s'enthousiasma André. La vieille femme est dame-pipi dans un théâtre.

— Pourquoi vieille, Dédé ?

— Elle a raison, Mauricette. Pourquoi vieille, tu peux nous le dire André ? » aboya la furie de la dernière fois qui semblait prendre toujours autant de plaisir à vomir son fiel sur le brave Dédé.

« Elle est pas vieille, coupa un papy endimanché. Ça dit même qu'elle a 28 ans. Et puis elle a un ordinateur. Elle écrit.

— Comment voulez-vous que le monde tourne droit si n'importe qui se met à écrire, bougonna un grincheux depuis le fond de la salle.

— Monsieur Martinet, ce n'est pas parce que vous avez fait lettres modernes que vous avez le monopole de la littérature », le tança vertement l'institutrice en retraite.

Monique interrompit le débat avec l'autorité naturelle qui était la sienne : « Allons, allons ! Laissons Guillaume poursuivre s'il vous plaît. »

Guylain ravala le rire qui montait dans sa gorge et passa au texte suivant :

« 52.doc

Jeudi est un jour particulier. C'est le jour de ma tante. Le jour des chouquettes. C'est sa drogue, les chouquettes. Tous les jeudis, il lui faut sa dose. Huit chouquettes achetées à la boulangerie de son quartier. Huit chouquettes et pas autre chose. Je ne l'ai jamais vue se pointer avec un éclair, une tartelette ou un mille-feuille. Non, toujours ces huit petites boules de pâte gonflée saupoudrées de cristaux de sucre. Pourquoi huit et pas sept ou neuf, ça reste un mystère. Jusque-là me direz-vous, rien de bien extraordinaire, j'en conviens. Mais là où ça devient vraiment particulier, c'est que ces gâteries, ma tante, elle ne rentre pas sagement les déguster chez elle devant sa télé ou au café le plus proche pour les piocher à même le sachet en sirotant un chocolat chaud ou une infusion de tilleul. Non, elle accourt tout droit jusqu'ici, son fragile trésor délicatement serré contre sa poitrine. “Tu comprends, m’a-t-elle expliqué un jour, elles n’ont pas le même goût ailleurs. J’ai bien essayé, plusieurs fois même. J’en ai même mangé dans les plus beaux endroits qui soient, des salons de thé on ne peut plus chics où les miettes qui tombent par terre, rien qu’en touchant le sol, prennent de la valeur mais il n’y a qu’ici qu’elles délivrent tout leur arôme et toute leur saveur. De vraies bouffées de paradis. C’est comme si le lieu les bonifiait, tu comprends. Ici, mes chouquettes, elles deviennent exceptionnelles, là où ailleurs, elles ne sont que bonnes.” Je ne vous cacherais pas que, intriguée, j’ai voulu tenter l’expérience moi aussi, une fois. Pas avec des chouquettes, non, je ne suis pas chouquettes, mais avec une gaufre. Je m’en croque une de temps en temps, quand j’ai un petit creux. La crêperie du rez-de-chaussée en fait d’excellentes. Je la prends toujours nature et la mange devant le comptoir en piétinant avant de retourner à mon poste. Un jour, j’ai emporté ma gaufre toute chaude et croustillante et me suis enfermée dans une de mes cabines pour la déguster. Pour voir. Eh bien je dois reconnaître qu’elle n’a pas tout à fait tort, ma tante. Il y avait un je-ne-sais-quoi de différent, comme si ma gaufre était sublimée au milieu de toutes mes faïences. Je n’avais pas souvenir d’en avoir savouré de si bonne. Elle devient intarissable, ma tante, lorsqu'il s'agit de raconter ses chouquettes. "Rien à voir avec ces gâteaux arrogants qui exhibent leur crème ou tous ces biscuits prétentieux bardés de pâte d'amandes et qui ploient sous le poids de leurs propres artifices, s'enflamme-t-elle. La chouquette est à la pâtisserie ce que le minimalisme est à la peinture ! assène-t-elle à qui veut l'entendre. Débarrassée de tout effet illusionniste, elle se présente à nous dans toute sa nudité, avec pour toute parure ces quelques cristaux blancs, et s'offre telle qu'elle est : une petite douceur sans autre prétention que celle d'être mangée, tout simplement." Ah ! il faut l'entendre, un vrai poète, quand elle s'y met.

"Tu m'as gardé la 4, ma grande ? me lance-t-elle entre deux bises.

— Oui, tata, tu sais bien que je te garde toujours la 4."

Les jeudis, je la nettoie de fond en comble, sa cabine n° 4, avant de la verrouiller jusqu'à son arrivée. C'est son privilège. Elle a sa cabine ici comme d'autres ont leur table au Fouquet's ou leur suite au Hilton. Après m'avoir déposé sa veste, son sac à main et son chapeau, elle y trottine, son sachet de chouquettes à la main, son coussin calé sous le bras, le regard déjà pétillant de gourmandise. Pendant près de vingt minutes, confortablement assise sur le moelleux du coussin posé sur le couvercle rabattu de la lunette, elle gobe une à une ses protégées, écrasant de sa langue la pâte contre son palais pour libérer au cœur de ses papilles les exhalaisons vanillées qu'emprisonnent les choux en leur sein. "Si tu savais ma Julie, s'exclame-t-elle lorsqu'elle ressort de là. Dieu que c'est bon !" Une vraie junkie qui vient de se prendre huit shoots d'affilée. »

La pendule au-dessus de l'entrée du réfectoire affichait déjà 11 heures passées de 25 minutes. Le taxi n'allait pas tarder. L'auditoire ne semblait pas pressé de retrouver son quotidien. Les conversations allaient bon train. Les dames se remémoraient leurs recettes de pâte à choux, chacune dévoilant ses petits secrets. Le nombre d'œufs, la quantité de beurre, la taille adéquate de la douille à adopter. Une partie de l'assemblée dissertait sur le bien-fondé de déguster des chouquettes le fessier vissé sur une lunette de WC. Si d'aucuns trouvaient l'idée vraiment saugrenue, d'autres en revanche n'excluaient pas d'emporter le dessert du midi dans leur chambre pour s'offrir une séance de dégustation sur la cuvette de leurs toilettes. Guylain s'arracha avec regret au moelleux du fauteuil. Il se sentait de mieux en mieux au milieu de ses *glyciniens.* Monique et Josette lui offrirent chacune leur bras pour l'aider à retrouver la terre ferme. Il profita du moment pour leur parler d'Yvon. Les deux sœurs se dirent ravies d'accueillir en leurs murs un liseur supplémentaire et acceptèrent à condition de rallonger la séance d'une demi-heure. Guylain n'y voyait aucun inconvénient. Il les embrassa, inspirant au passage une dernière bouffée d'eau de Cologne avant de rejoindre le taxi qui venait de faire son apparition au bout de l'allée.

20

Rouget de Lisle cinquième du nom était mort pendant son absence. Le petit corps gisait à côté du bol quand Guylain rentra des *Glycines.* Son aquarium de substitution avait dû lui paraître un peu trop exigu pour pouvoir s'y dégourdir les nageoires dignement et l'animal avait préféré faire le grand saut dans l'inconnu, histoire d'aller voir ailleurs si le monde n'était pas meilleur. Son dernier rêve de liberté se sera brisé sur l'inox froid de mon évier, pensa Guylain avec tristesse. Il attrapa délicatement la minuscule dépouille par la queue entre pouce et index avant de la glisser dans un sachet plastique. En début d'après-midi, il sortit et prit la direction des Pavillons-sous-bois. Le jeune homme connaissait le trajet par cœur pour l'avoir parcouru déjà à quatre reprises par le passé. Après vingt minutes de marche, il s'arrêta au milieu du pont qui enjambait le canal de l'Ourcq, exhuma le corps déjà roide de Rouget de Lisle et le jeta dans les eaux paisibles. « Paix à tes arêtes, vieux frère. »

Il n'avait jamais pu se résoudre à s'en débarrasser en les glissant dans le vide-ordures comme de vulgaires déchets. Ils étaient à ses yeux un peu plus que de simples poissons d'ornement. Chacun d'eux emportait aux creux des ouïes ses confidences les plus intimes. À défaut du grand fleuve, le canal de l'Ourcq était la sépulture la plus noble qu'il ait pu trouver pour accueillir leur dépouille. Après un dernier regard à la tache orangée qui s'enfonçait dans les profondeurs sombres, Guylain s'en retourna d'un pas vif. Un quart d'heure plus tard, la clochette suspendue au-dessus de la porte de l'animalerie tintinnabula joyeusement tandis qu'il en franchissait le seuil. Son entrée fut saluée par le jabotage des perruches, le jappement des chiots, le miaulement des chatons, le glapissement des lapins, le piaillement des poussins. Seuls les poissons gardèrent le silence et se contentèrent d'un bref lâcher de bulles.

« Monsieur désire ? » La vendeuse était à l'image de sa voix revêche. Froide et blanche.

« J'aurais besoin d'un poisson rouge », marmonna Guylain. Besoin, c'était bien de cela qu'il s'agissait. Il souffrait d'une véritable addiction au carassin doré. Le jeune homme ne pouvait plus se passer de cette présence muette et colorée qui garnissait sa table de chevet. Pour l'avoir déjà vécu, il savait qu'il existait une énorme différence entre vivre seul et vivre seul avec un poisson rouge.

« Quelle variété ? questionna l'anémiée en ouvrant un volumineux catalogue d'aquariophilie. Nous avons des modèles à tête de lion, le Comète avec sa longue queue fourchue, le modèle Oranda avec une bosse au-dessus de la tête, le Pompom, le Ryukin, le Shubunkin, le Ranchu ou encore le Black Moor, très original avec sa couleur foncée. Le modèle qui marche le mieux en ce moment, c'est le Céleste à double queue avec ses yeux télescopes sur le haut de la tête. Très tendance. »

Guylain eut envie de lui demander s'ils ne faisaient pas le modèle standard, le rouge normal, avec une seule queue, pour ce qu'il en faisait, tourner en rond, c'était bien suffisant, et deux petits yeux plantés de chaque côté de la tête, là où ils devaient être. Au lieu de cela, il tira de sa poche la photo abîmée de Rouget premier du nom, le père de la dynastie, celui par qui tout avait commencé, et la brandit sous le nez de la commerçante : « Je souhaiterais tout simplement le même que celui-là », dit-il en tapotant du doigt l'image fatiguée. L'autre ausculta le cliché d'un œil avisé avant de l'entraîner vers le grand aquarium qui ornait le fond de la boutique et où frétillaient une cinquantaine de Rouget de Lisle potentiels. « Je vous laisse choisir. Vous n'aurez qu'à m'appeler, je suis à côté », souffla-t-elle en lui tendant une épuisette.

Il ne l'intéressait plus avec son cyprin tout ce qu'il y avait de plus commun. Photo en main, Guylain fouilla du regard le banc orangé qui s'agitait devant lui à la recherche du clone parfait. Il en repéra bientôt un. Même couleur légèrement plus claire sur les flancs, mêmes nageoires, même œil affable. Après trois tentatives infructueuses, le quatrième coup d'épuisette fut le bon. Il s'enquit d'un nouvel aquarium auprès de la vendeuse.

« Sphérique ou rectangulaire ? » demanda celle-ci.

Cruel dilemme que de devoir choisir entre un chemin de ronde d'une monotonie mortelle ou la promenade saccadée d'un circuit tout en coins. Il opta finalement pour le globe de verre habituel. Même pour le plus commun des poissons, il ne devait pas être pire supplice que de venir buter sur des angles droits à longueur de jours et de nuits. De retour au studio, Guylain s'empressa de tapisser le fond du bocal de sable blanc pour y coucher la mini-amphore et y planter les algues synthétiques du précédent locataire. Bientôt, un nouveau Rouget de Lisle barbotait gaiement au milieu de ce décor féerique. Il émanait de ce poisson minuscule qui ressemblait en tous points à ses frères un sentiment d'immortalité qui plaisait à Guylain. Ça ne dura qu'un bref instant mais il crut déceler dans le regard de Rouget sixième du nom toute la reconnaissance des cinq qui l'avaient précédé.

21

Ce matin, le vieil-homme-en-chaussons-et-pyjama-sous-son-imper errait comme une âme en peine à la hauteur du 154, sans son Balthus. L'animal s'était retrouvé paralysé de l'arrière-train la veille au soir. La bestiole était à présent sous surveillance à la clinique vétérinaire. « Jusqu'à ce qu'il remarche », précisa-t-il. « Parce qu'il va remarcher mon Balthus, hein, dites ? Ils vont me le requinquer ? » supplia-t-il en cramponnant le bras du jeune homme, des larmes plein la gorge. Guylain promit que oui, bien sûr, il n'y avait pas de raison pour qu'il ne retrouve pas l'usage de ses pattes arrière, même s'il était persuadé au fond de lui-même que le clébard était sûrement arrivé au bout du chemin et qu'il n'allait pas tarder à rejoindre Rouget cinquième du nom au grand paradis des animaux. C'était bien connu, les vieux chiens commençaient presque toujours à mourir par l'arrière. Guylain quitta le bonhomme sur un dernier salut qui avait des allures de condoléances et rejoignit la gare. Ce fut avec un plaisir non feint qu'il retrouva son strapontin. Julie lui brûlait les doigts.

« 17.doc

Le samedi est toujours la plus grosse journée de la semaine avec le mercredi, mais lorsque ce même samedi coïncide avec le dernier jour des soldes, alors ça sent la journée noire à plein nez, ce genre de journée où même les cent mille mètres carrés du centre commercial semblent peiner à contenir tout ce monde. Ça n'a jamais désempli tout le temps que le centre a ouvert ses portes. De pleins paquets de visiteurs se sont engouffrés dans mon antre tout au long de la journée pour venir déposer leur flot d'urine, d'excréments, de sang et même de vomissures. J'ai parfois l'impression de ne plus voir en eux que des sphincters, des estomacs, des intestins, des vessies sur pattes et non plus des êtres à part entière. Je n'aime pas particulièrement ces grosses journées d'affluence qui font ressembler le centre commercial à une véritable fourmilière. Ça m'angoisse, toute cette frénésie, même si c'est souvent le signe avant-coureur d'une recette exceptionnelle. Il faut sans cesse sauter partout si l'on ne veut pas se laisser déborder.

Réapprovisionner les cabinets en rouleaux, ne pas manquer de torcher les abattants dès que l'occasion se présente, balancer les pains de javel à intervalles réguliers au fond des pissotières, sans oublier de faire acte de présence aux côtés de la soucoupe le plus souvent possible. Merci, au revoir. Merci, bonne journée. Bonjour, merci, au revoir. C'est que beaucoup ne donnent rien s'il n'y a pas de témoin pour faire le constat de leur générosité. Tantologisme n° 4 : À mendiant absent, sébile vide. Je crois bien que l'humanité tout entière est passée par ici aujourd'hui. C'est ce que je me suis dit tandis que je refermais les grilles, fourbue, le dos cassé, les narines saturées par l'ammoniaque et la Javel.

À ces grosses journées de folie, je préfère les petits matins calmes de milieu de semaine où les clients se succèdent avec parcimonie. Dans ces moments-là, il m'arrive de délaisser un instant mes écrits ou mes magazines pour me mettre à leur écoute. Respiration suspendue, yeux clos, je fais abstraction du grondement incessant qu'émet le centre commercial pour concentrer toute mon attention sur les bruits qui émanent des toilettes. Mon ouïe s'est affinée avec le temps et je peux à présent sans hésiter analyser chacun des sons qui me parviennent au travers des portes closes, tout feutrés soient-ils. Ma tante, nantie de cette omniscience javellisée qui la caractérise, a classé ces bruits en trois grandes catégories. Il y a tout d'abord ceux qu'elle désigne sous la jolie appellation de bruits nobles. Le cliquetis discret d'une ceinture que l'on déboucle, le chant léger d'une fermeture éclair que l'on descend, le claquement sec d'un bouton-pression que l'on déverrouille, sans oublier tous ces bruissements d'étoffes, soieries, Nylon, cotons et autres tissus qui chantent contre les peaux en autant de frottements, froissements, froufroutements et autres friselis. Arrivent ensuite ce qu'elle nomme les bruits paravents. Toussotements gênés, sifflements faussement enjoués, activation de chasse d'eau, tous ces sons censés étouffer la troisième catégorie sonore, celle des bruits d'activité : flatulences, gargouillis, clapotis, chant de l'émail, bruits de plongeons de haut vol, dévidage du rouleau de papier, déchirement de la ouate. Enfin, j'ajouterais pour ma part une dernière catégorie, plus rare mais ô combien ! intéressante, celle des bruits d'aise, tous ces vagissements et soupirs de contentement qui s'élèvent parfois vers le plafond lorsque s'ouvrent les vannes et que cascade sur l'émail le jet libérateur trop longtemps retenu ou l'avalanche bruyante d'un trop-plein intestinal. Il m'arrive de les aimer, les gens, lorsqu'ils échouent ici, tout vulnérables qu'ils sont dans leur désir de soulager leur vessie ou de vider leur ventre. Et pendant ce court temps où ils se substituent à ma vue derrière la porte des cabinets, quels que soient leur condition ou leur statut social, je les sais revenir à la nuit des temps, dans cette situation du mammifère satisfaisant un besoin naturel, le fessier vissé à la lunette, le pantalon tire-bouchonné autour des mollets, le front dégoulinant de sueur tandis qu'ils ahanent sous l'effort pour ouvrir leur sphincter, tout seuls face à eux-mêmes, loin du monde d'en haut. Attention, les gens ici ne font pas que me laisser le contenu de leur intestin ou de leur vessie. Il n'est pas rare de voir certains d'entre eux venir s'épancher auprès de moi pour se décharger de tous leurs malheurs. Je les écoute, les gens. Je les laisse vider leur fiel sur le monde, essorer leur petite vie, me baratiner avec leurs problèmes en tous genres. Ça se confie, ça geint, ça pleure, ça jalouse, ça se raconte. Tantologisme n° 12 : Les WC sont des confessionnaux sans curé. Heureusement, il en est d'autres qui viennent parler de tout et de rien pour le simple plaisir d'échanger un petit mot gentil et pour lesquels je suis autre chose que deux oreilles où jeter leur mal-être. Comme dans certains grands restaurants, j'ai mis un livre d'or à la sortie, un livre où les gens ont le loisir de me laisser en plus de la simple pièce de monnaie une trace de leur passage sous la forme d'un petit mot. Et tous les soirs au moment de la fermeture, je relève mes filets et prends le temps de parcourir ces mots d'amour, ces mots de haine, ces mots qui vont du meilleur au pire et qui m'en apprendront toujours beaucoup plus sur la nature humaine que n'importe quelle encyclopédie.

"Bravo pour la propreté. Isabelle"

"Mieux que de simples toilettes publiques, un havre propre et très bien tenu. Continuez. René"

"T'avais qu'à faire des études, connasse ! X"

"Votre papier est un peu rêche à mon goût, sinon c'était parfait. Marcelle"

"De passage ici, on reviendra rien que pour la propreté irréprochable des lieux. Xavier, Martine et leurs enfants, Thomas et Quentin"

"Boufe moi le Q salop"

"Les rois et les philosophes fientent, et les dames aussi. Montaigne"

"Il serait bon de mettre à la disposition de la clientèle des magazines à l'entrée des cabinets. De plus, il est quelque peu dommageable que le choix du savon nous soit imposé. Il serait je pense intéressant de pouvoir choisir son parfum. Concernant la propreté, c'est correct. (Si ce n'est quelques traces au niveau des joints. Essayez le vinaigre blanc.) Madeleine de Borneuil"

"Je me suis branlé dans tes chiottes de merde en pensant à toi pouffiasse." »

Plusieurs rires s'élevèrent dans le wagon auxquels se mêlèrent quelques exclamations outragées. Guylain releva la tête. La plupart des usagers présents l'encouragèrent du regard à poursuivre. Il esquissa un sourire avant de leur délivrer un nouveau billet de Julie :

« 23.doc

Je ne voudrais jurer de rien mais il me semble qu'elle a encore grandi. Oh, pas de beaucoup, quelques centimètres seulement, mais au train où vont les choses, elle pourrait bien finir par atteindre les grands miroirs côté femmes avant la fin de la décennie. Ma tante m'a raconté que la lézarde était apparue il y a près de trente ans, lorsqu'ils ont démoli le grand escalier central pour mettre en place les nouveaux escalators. Elle serait née sous les premiers coups de boutoir des marteaux-piqueurs, pointant son nez dans l'angle du coin nord, sous les éviers, avant de commencer à prendre ses aises. Elle n'était pas bien grosse à l'époque. À peine plus épaisse qu'un cheveu, guère plus longue qu'un brin d'herbe, mais elle a forci au fur et à mesure qu'elle cheminait au travers de l'immensité blanche, zébrant d'un fin trait sombre chacune des faïences qu'elle rencontrait sur son passage. Elle n'a jamais suspendu sa course depuis et poursuit son chemin quoi qu'il arrive sans jamais dévier d'un pouce sa trajectoire, quels que soient les obstacles rencontrés. Elle est née sous Mitterrand, a fêté son premier mètre avant que les Russes ne quittent l'Afghanistan, a atteint son deuxième tandis qu'on portait Jean-Paul II en terre. Elle s'étire à présent sur près de trois longs mètres. Elle est comme une ride sur un visage, le signe du temps qui passe. Je l'aime bien, cette fissure qui va son chemin vaille que vaille et trace son propre destin sans se soucier le moins du monde des hoquets de la planète. »

Lorsque le RER s'arrêta en gare et que les gens quittèrent leur wagon, un observateur extérieur aurait pu sans peine remarquer à quel point les auditeurs de Guylain détonnaient d'avec le reste des usagers. Leur visage n'affichait pas ce masque d'impassibilité qu'arboraient les autres voyageurs. Tous présentaient un petit air satisfait de nourrisson repu.

22

Il était 19 heures lorsque Guylain sonna chez Giuseppe. Chose rarissime, le vieux l'avait contacté sur son lieu de travail au beau milieu de l'après-midi. Il avait appelé Kowalski et demandé à parler à Guylain. La voix d'un Félix plus contrarié que jamais avait jailli dans la radio du casque. Il n'aimait pas qu'on dérangeât son personnel en plein boulot. « Vignolles, téléphone. »

Il avait saisi le combiné que lui tendait le gros, se demandant qui pouvait bien le demander ici.

« Tu peux passer après le travail ?

— Oui, pourquoi ? »

Pour toute réponse, Giuseppe lui avait asséné un « Tu verras » lapidaire dans le creux de l'écouteur avant de couper la communication. Ce soir encore, Giuseppe s'échina à faire durer le suspense tout le temps que dura l'apéritif. Il était pourtant évident aux yeux de Guylain que le vieux piaffait d'impatience. Il activait nerveusement les roues de son fauteuil d'avant en arrière, piochait maladroitement de petites poignées de pistaches et de cacahuètes, se tortillait sans cesse sur son chariot. N'y tenant plus, Guylain finit par poser la question qui lui brûlait les lèvres depuis son arrivée : « Tu ne m'as pas fait venir ici uniquement pour boire un verre de moscato, Giuseppe ?

— Tu sais que je n'ai pas chômé pendant ton absence, petit. » Son œil pétillait de malice. Il effectua un demi-tour sur lui-même et invita Guylain à lui emboîter les roues du fauteuil jusqu'à la chambre qui faisait également office de bureau. Il régnait dans la pièce une joyeuse pagaille. Le frêle secrétaire disparaissait sous plusieurs piles de documents. L'ordinateur et son imprimante avaient été posés à même le sol pour libérer la place. Le lit médicalisé lui-même n'avait pas été épargné par le tsunami et se trouvait lui aussi recouvert de feuilles volantes. Épinglée à hauteur de fauteuil, une grande carte de Paris et de la région parisienne occupait toute une partie du mur. On y apercevait des inscriptions manuscrites. Plusieurs cercles avaient été tracés grossièrement à l'aide d'un feutre rouge. À d'autres endroits, des ronds identiques étaient barrés. Certains noms de villes étaient soulignés, d'autres biffés. Des Post-it couverts de cette écriture indéchiffrable tout en pattes de mouche dont Giuseppe avait le secret fleurissaient un peu partout aux quatre coins de la capitale et de sa banlieue. La carte n'était plus que ratures, retouches et collages. La chambre avait les apparences d'un QG militaire en temps de guerre.

« Mais c'est quoi tout ce bordel, Giuseppe ?

— Ah çà ! on ne peut pas dire que ça s'est fait tout seul. Deux jours pleins pour faire l'inventaire et encore autant pour trier et affiner les données. Ça n'a pas été facile mais je suis plutôt content de moi. J'ai fini ce matin.

— Mais fini quoi, Giuseppe ?

— Ben ta Julie. Tu veux la retrouver ou tu veux pas la retrouver ? Tu sais, j'ai tout lu trois fois pour être sûr de ne louper aucun indice. C'est qu'ils sont maigres, les indices. Plutôt avare en détails, la donzelle. Sur les soixante-douze documents, pas une seule fois elle ne cite son nom de famille ni même la ville où elle bosse. Une vraie prouesse d'auteur. Mais bon, il en faut un peu plus pour le décourager, le Giuseppe. Je suis parti de ça, poursuivit-il en glissant une feuille volante entre les mains de Guylain. On sait qu'elle se prénomme Julie, qu'elle fait profession de dame-pipi, qu'elle a 28 ans et qu'une fois l'an, à l'équinoxe de printemps, la demoiselle recompte ses faïences qui sont au nombre de 14 717. Mais j'ai surtout retenu les indices n°s 4, 9 et 11, les plus importants : ses toilettes se trouvent dans un centre commercial. Ce centre a une superficie de cent mille mètres carrés et est âgé d'au moins une trentaine d'années, rapport à la fissure. »

Guylain contempla incrédule la courte liste qu'il avait devant les yeux. Les indices n°s 4, 9 et 11 avaient été surlignés de vert. Giuseppe lui exposa alors la méthodologie employée pour parvenir à la vaste chiffonnade bariolée punaisée sur le mur. Il avait via Internet fait l'inventaire complet de tous les grands centres commerciaux de Paris et d'Île-de-France, constituant une liste de dix-huit centres, principalement en petite couronne. Il avait ensuite passé au crible un à un ces centres en fonction de leur date de création pour éliminer les plus récents. Avaient ainsi été écartés de la sélection Le Millénaire à Aubervilliers, Val d'Europe à Marne-la-Vallée et Carré Sénart à Lieusaint, tous trois victimes de leur jeunesse. Un deuxième passage au tamis avec pour critère la superficie réduisit sa liste à huit finalistes. Et Giuseppe de lui citer avec fierté le nom des heureux élus en lui désignant leur emplacement sur la carte à l'aide d'une règle tout en énonçant leur pedigree : « O'Parinor à Aulnay, 1974, 90 000 m^2. Je sais, ça fait pas 100 000 mais bon, je l'ai gardé quand même. Rosny 2, 1973, 106 000 m^2. Créteil Soleil, 1974, 124 000 m^2.

Belle Épine à Thiais, 1971, 140 000 m², un peu gros mais bon. Évry 2, 1975, pile-poil 100 000 m². Vélizy 2, construit en 1972, 98 000 m². Parly 2, au Chesnay, 1969, 90 000 m². Comme Aulnay, un peu juste mais bon. Et le dernier, Les Quatre Temps à la Défense, 1981, 110 000 m². Ils sont bien tous nantis de toilettes publiques mais je n'ai en revanche pas pu vérifier l'existence ou non de dame-pipi. Ça ne figure nulle part ces infos, à croire que c'est tabou. »

Guylain était impressionné par l'efficacité de son vieil ami. Il examina les petits cercles rouges qui, si on les reliait entre eux, dessinaient une magnifique ellipse allant d'Aulnay au nord-est à Nanterre à l'ouest en contournant la capitale par le sud. Seul Évry restait en dehors de cette courbe imaginaire et se trouvait isolé tout en bas de la carte. Lorsque Guylain souleva le fait que Julie pouvait très bien travailler dans un centre situé en province, Giuseppe s'enflamma : « Ta clé, c'est pas dans le TGV Paris-Bordeaux ni dans celui du Paris-Lyon que tu l'as trouvée, c'est dans le RER alors il me semble qu'il y a tout de même de fortes chances pour que ta Julie, elle ne torche pas des chiottes ailleurs que par chez nous ! Et je serais toi, je commencerais mes recherches par O'Parinor et Rosny 2, c'est les plus proches. »

Ils passèrent le reste de la soirée devant un plateau-télé italien concocté par Giuseppe. Au moment de quitter son ami, Guylain promit à celui-ci de le tenir informé sur l'avancée des recherches. Il regagna son studio avec, soigneusement glissée dans la poche de sa veste, la précieuse liste. Et tandis que Rouget VI gobait une à une les paillettes qui flottaient à la surface de son bocal, Guylain lui énuméra le nom des huit centres, huit stations d'un chemin de croix, qui abritaient tous ses espoirs.

23

Guylain passa le début de la semaine à courir les centres commerciaux. Dès la fin de service, il s'arrachait à la Zerstor, sautait hors de sa salopette et quittait l'usine sans même prendre le temps d'une douche pour attraper le train, le bus ou le premier RER venu en fonction de la cible du jour. Le lundi, O'Parinor à Aulnay, le mardi, Rosny 2, le mercredi Créteil Soleil et la veille au soir, la Défense. Autant de mirages qui s'étaient évanouis un à un. Curieux et impatient, Giuseppe s'enquérait chaque soir du résultat des recherches : « Alors ?

— Alors rien. » Et à chaque fois d'expliquer d'un ton las que oui, il y avait bien des toilettes, oui, il y avait une préposée aux sanitaires mais personne qui ressemblait de près ou de loin à une quelconque jeune femme de 28 ans. À Aulnay, il était tombé sur une vieille femme revêche, à Rosny, un maigrichon à moustache, à la Défense, une Ivoirienne rigolarde et son boubou multicolore, et pour le dernier, il avait eu droit à une gamine au crâne rasé et couverte de piercings. Giuseppe semblait encore plus abattu que lui. « C'est pas possible, marmonnait-il pour lui-même, elle doit être là, elle ne peut être que là. » Guylain lui répondait que demain était un autre jour, avant de raccrocher et de s'abattre sur son lit.

Ce matin, le vieil-homme-en-chaussons-et-pyjama-sous-son-imper accueillit chaleureusement Guylain. Balthus était de retour. Un Balthus qui s'échinait à essayer d'humidifier le pied de son platane préféré. « Vous aviez raison, lui dit le bonhomme euphorique en lui tapant sur l'épaule lorsque celui-ci arriva à sa hauteur. Ils me l'ont requinqué, mon Balthus. Regardez-le comme il est en pleine forme. » Guylain opina en observant d'un œil circonspect le clébard dont le train arrière quelque peu affaissé sur lui-même restait encore un peu à la traîne par rapport aux pattes avant. Elle était comme ça, la mort, pensa-t-il. Elle pouvait parfois se contenter d'une banderille avant de s'en retourner à d'autres occupations. Il ne doutait pas que cette salope viendrait finir ce qu'elle avait commencé un jour prochain. En attendant, Guylain considéra l'événement comme de bon augure pour la journée. Aujourd'hui encore, la lecture des extraits de Julie dans le wagon raviva sa foi.

« 45.doc

Je ne devrais pas en être fière mais ça y est, j'ai baisé le gros de 10 heures. Et quand je dis baisé, c'est dans les grandes largeurs. Il m'a juste fallu pour cela mettre dans le coup ma copine Josy qui s'est empressée d'accepter de jouer les complices. Oh ! je ne lui demandais pas grand-chose, à Josy, juste de m'octroyer un petit quart d'heure de son temps. Je crois bien que pour faire tomber ce malotru de son piédestal, elle aurait été jusqu'à me donner une journée complète de congé, ma shampouineuse préférée. C'est le tantologisme n° 3 qui m'a donné l'idée : Dans les toilettes, le pouvoir appartient toujours à celui qui détient le papier. Techniquement, le piège a été plutôt facile à mettre en place. Il m'a suffi d'ouvrir le dévidoir de papier, d'ôter le rouleau qui s'y trouvait, de scotcher un seul feuillet et de refermer le petit capot en prenant bien soin de laisser dépasser de la fente prévue à cet effet la feuille de ouate, preuve rassurante de la présence d'un rouleau. La blague de potache classique. Côté pratique, et c'est là que Josy entre en jeu, il me fallait être sûre que le piège se referme bien sur le gros de 10 heures et pas sur un innocent de passage. Pour cela, il a suffi à Josy de prendre place dans la cabine préférée de monsieur et d'attendre, téléphone portable à la main, que je lui envoie un SMS pour l'avertir de l'arrivée de l'odieux. À 10 heures pétantes, son pas lourd résonnait dans l'escalier. Costard beige clair, cravate verte sur chemise marron. J'ai bipé Josiane qui est ressortie tête baissée après avoir pris soin de tirer la chasse d'eau, histoire de faire plus réaliste. Je crois que M. Gras-double ne s'est même pas rendu compte que c'était une femme qui sortait des toilettes réservées aux hommes, trop occupé qu'il était à s'apprêter à me déposer son infâme pêche du matin. Josy est restée à mes côtés pour suivre le reste des opérations. Je vous fais grâce des détails mais à l'écoute des bruits qui nous sont parvenus de la 8, on peut dire qu'il s'est lâché comme jamais. Le silence qui a suivi en a été d'autant plus jouissif. Il m'a même semblé entendre le léger craquement du feuillet lorsque celui-ci s'est détaché de l'adhésif qui le maintenait en place. Moins de deux minutes plus tard, le gros de 10 heures ressortait, le visage empourpré, la chemise à demi remisée dans le falzar, la veste plus défraîchie qu'une laitue de quinze jours. Il a traversé mon domaine d'une démarche lente de pingouin traversant la banquise. Et pour la première fois, j'ai pu ferrer son regard. C'était le regard de quelqu'un en état de choc, quelqu'un qui venait de voir son amour-propre maculé de sa propre merde. Je me suis fendue au passage d'un "Service, merci" en désignant la soucoupe de la tête. Le gros de 10 heures n'a rien mis. Il n'était d'ailleurs plus en état de mettre quoi que ce soit où que ce soit. Mais le spectacle qu'il nous a donné à voir à Josy et à moi tandis qu'il s'attaquait à l'ascension de mon escalier de son pas crispé de chiasseux restera l'un des plus beaux pourboires qu'il m'a été donné de recevoir. »

D'abord surpris, Guylain accueillit avec le sourire les applaudissements qui s'élevaient dans le wagon. La vengeance de la jeune femme avait ravi l'auditoire. Il dut se faire violence pour effacer de son esprit l'image d'un Kowalski empourpré par la honte, avant de se concentrer sur l'extrait suivant :

« 70.doc

Speed dating. Le mot a l'air inoffensif comme ça mais il me fait peur. Josy le sait, elle qui a dû revenir à la charge pendant plusieurs matinées au moment du café croissant pour que j'accepte enfin de m'inscrire avec elle à ce rendez-vous de l'amour, comme elle appelle ça. Pour célibataires exigeants uniquement, moyennant un droit d'entrée à vingt euros avec une consommation offerte, disait le prospectus. Je ne sais pas ce qui m'a poussée à accepter. Peut-être l'enthousiasme indéfectible de Josy. Ou alors cette parcelle de petite fille qui attend toujours son prince charmant et qui fait que je balance de temps à autre une pièce dans la fontaine ? Qu'est-ce que tu risques ? m'a-t-elle dit. De tomber sur un connard qui ne vient là que pour un bon coup, comme on fait son marché ? Si ça arrive, t'es assez intelligente pour t'en rendre compte et le renvoyer à ses petites branlettes de pauvre cow-boy solitaire. Quand Josy s'exprime, ça a toujours le mérite d'être clair. Ce qui me gêne dans ce nom de *Speed dating*, c'est surtout le mot *speed*. Ça sent le coup vite fait bien fait. Ça ne me plaît pas trop, ce côté lapine qu'on sort du clapier pour mettre au mâle. Bien sûr, avec nos pedigrees, on a tout de suite été retenues, Josy et moi. Célibataires, jeunes, pas trop vilaines si l'on se base sur les critères de beauté actuels qui privilégient la générosité des formes aux silhouettes décharnées qu'on nous a vantées pendant des années à coups de mannequins anorexiques. Bon, pour le boulot, j'ai dû tricher un peu, bien sûr. J'allais pas mettre en face de profession : Dame-pipi. Ça risquait d'attirer tous les tordus de la planète et de refouler tous les autres. Aide-laborantine. C'est encore Josy qui a eu l'idée. “Une aide-laborantine aussi torche du carrelage du matin au soir, m'a-t-elle assuré. C'est juste que toi, c'est celui des chiottes et elle celui des paillasses mais à l'arrivée, ça ne fait pas pas de grandes différences." Sept rendez-vous de sept minutes chacun, c'est ce à quoi on a droit dans un *Speed dating*. Il y a des règles. On ne doit pas échanger de coordonnées perso par exemple (ça ne risquait pas d'arriver avec moi). Après chaque rendez-vous de sept minutes, on doit mettre une appréciation confidentielle sur son vis-à-vis et dire si on veut le revoir ou pas.

Josy m'a récupérée directement à la sortie du centre commercial. La cérémonie, je ne sais pas comment appeler ça autrement, était prévue à 20 h 30. Ça ne me laissait pas le temps de rentrer chez moi alors je me suis changée sur place. J'ai dû m'y reprendre à plusieurs reprises pour mon maquillage. Une fois trop de fard à paupières et pas assez de rouge à lèvres. La fois d'après, j'avais trop forcé sur le gloss, pas assez sur le mascara. À chaque fois, je me retrouvais devant cette pouffe fardée comme une putain qui me contemplait, dépitée, de l'autre côté du miroir. Résultat, j'ai fini par tout effacer à grands coups de lait démaquillant et me suis contentée d'une giclée de Lolita Lempicka dans le creux du cou. Côté vêtements, j'avais décidé que mon Lee Cooper, la paire de chaussures à semelles plates et le petit chemisier blanc chiné lors des dernières soldes feraient très bien l'affaire. Pour la touche finale, un foulard de soie négligemment posé sur la nuque était censé donner au personnage un petit côté décontracté que je n'avais pas du tout, loin s'en faut. La dernière fois que j'avais eu autant le trac remontait à mon oral du bac de français. De son côté, Josy avait sorti le grand jeu. Robe moulante, extensions de cheveux, hauts talons et Chanel N° 5. Une cendrillon sexy et moderne. À l'entrée, ils ont vérifié les identités et nous ont donné le bon donnant droit à la boisson. Josy et moi, on s'est souhaité bonne chance. "On y croit", m'a-t-elle fait en croisant les doigts. Personnellement, je n'avais qu'une envie, c'était de prendre mes jambes à mon cou et de rentrer chez moi me foutre au pieu avec un bon bouquin. Au lieu de ça, j'ai fait comme les autres filles, je me suis attablée à la première table libre que j'ai trouvée et ai commandé un Perrier menthe. Le premier type qui est venu s'asseoir en face de moi m'a dit être prof de je ne sais plus quoi. Il n'a fait que me parler de lui sans jamais me poser la moindre question. Quand la clochette a tinté sept minutes plus tard, je n'avais même pas pu faire le plus petit commencement de présentation. Les deux seuls mots que j'avais réussi à prononcer avaient été bonjour et au revoir. J'avais eu pendant sept minutes un nombril en face de moi. Un deuxième a pris la place toute chaude. Puis un troisième. Et toutes les sept minutes, il y avait ce tintement de clochette qui retentissait dans le bar, comme un couperet qui tombe. Au suivant. Ça m'a fait penser à une tournante polie et bon enfant. Bonsoir madame, au revoir madame, merci madame. Une sorte de danse du balai où il faut changer de cavalier à chaque fois que l'abruti qui tient le manche se met à frapper le sol avec. Malgré les sept hommes que j'ai rencontrés, je peux dire que je suis restée sur ma faim, même si je n'étais pas venue ici spécialement affamée. Aucun ne m'a semblé suffisamment attrayant pour pouvoir prétendre m'emporter sur son destrier blanc. Quand le physique allait, c'est le mental qui clochait, et vice versa. Il y avait des gens très bien, comme ce jeune homme cultivé et intéressant qui avait beaucoup voyagé mais dont le poireau disgracieux et poilu qui ornait son menton vous faisait oublier tout le reste. Pendant les sept minutes qu'a duré la rencontre, je n'ai vu que ça, cette petite excroissance de peau d'où pointaient ces affreux poils noirs et drus. Sur la fiche, j'ai juste écrit "poireau en trop", avant de passer au suivant. Il y a eu cet autre type, le troisième je crois, pas vilain, très grand, mais dont le cheveu sur la langue donnait à sa conversation une tournure pathétiquement drôle, une conversation où chaque *s* se transformait en un véritable supplice pour l'infortuné. Le sommet de l'échange a été atteint lorsqu'il m'a énoncé sa profession. Là, je ne suis pas parvenue à empêcher le fou rire que j'avais réussi à endiguer jusque-là de venir éclore à l'air libre, ce qui a mis un terme prématuré à notre entretien. La tête plongée dans mon Perrier menthe, j'ai profité des deux minutes de répit qu'il restait avant que grelotte clochette pour me remettre de mes émotions. Mais merde, quand on a un cheveu sur la langue, on ne fait pas "affiftant fofial" ! Mon cinquième s'appelait Adrien et était coincé à un point tel que j'ai pensé en mon for intérieur qu'il devait être autiste. À l'inverse du premier qui ne m'avait pas laissée en placer une, celui-là est resté muet comme une carpe durant les quatre cent vingt secondes qu'a duré la rencontre. Quatre cent vingt secondes pendant lesquelles il s'est tortillé sur sa chaise en se triturant les mains comme pour les empêcher de s'envoler. Quand je lui posais une question, il devenait aussi rouge qu'un constipé en plein effort. Les constipés, moi, ça m'a toujours mise mal à l'aise. Et dans mon boulot, ce n'est pas ce qui manque. Comme dit toujours tantine : On peut s'attendre à tout de la part d'un constipé, même à rien. Et d'ajouter en général : Il est aux toilettes ce que le muet est à la chanson, et vice versa. Les quatrième et sixième sortaient du même moule. B.C.B.G., des tronches de premiers de la classe et des manières de cadres dynamiques, du genre à se raser et à changer de chemise deux fois par jour. Le dernier, lui, avait une bite à la place du cerveau. Sa seule grosse préoccupation semblait être de savoir si j'étais vaginale ou clitoridienne. Je lui ai dit que, côté astrologique, j'étais poisson ascendant verseau, mais que côté cul, je n'étais pas encore vraiment fixée sur mon sort. Et de faire comprendre à cette tête de gland que le jour où je me déciderais, ce ne serait certainement pas à lui que je ferais appel pour vérifier de quel côté viendrait mon orgasme. Au final, je me suis retrouvée avec un verre vide et sept annotations qui ressemblaient à un palais des horreurs. 1 : Nombril du monde, 2 : Poireau en trop, 3 : Zozote, 4 : Cadre, 5 : Constipé chronique, 6 : Re-cadre, 7 : Obsédé sexuel. J'ai dû rentrer en taxi car Josy était loin d'en avoir terminé. À l'issue de ce premier tour, elle avait cinq demandes positives. Cinq sur sept. Pour ma part, deux prétendants voulaient bien poursuivre l'expérience. Le poireau et le re-cadre. Je suis partie sans donner suite. Le tout dernier Stephen King m'attendait sur ma table de chevet. »

Guylain se souvint avec amusement de la première fois où il avait parcouru le document numéroté 70. Les dix minutes de lecture l'avaient mis au supplice. Une véritable séance de roulette russe avec, à tout moment, l'angoisse de voir le prince charmant qu'espérait Julie surgir du barillet à sept coups pour venir la frapper en plein cœur. Il avait terminé la lecture en soufflant de soulagement.

24

La tête sur l'oreiller, Guylain regardait Rouget tourner dans son bocal. Quelle chimère pouvait-il bien poursuivre, à avancer de la sorte sans jamais se lasser ? Peut-être se pourchassait-il lui-même sans le savoir, la tête plongée dans le sillage que générait sa propre nage ? Depuis quelques jours, Guylain avait peur lui aussi de ne poursuivre qu'une illusion. Hier soir, la visite de Belle Épine à Thiais n'avait rien donné. Une semaine de recherches infructueuses, à courir après un fantôme. Il ne croyait en la réalité de Julie que par ses écrits, tout comme Rouget ne croyait en la présence d'un intrus dans son bocal que par la seule existence de ce sillage dans lequel il se glissait à longueur de journée.

Guylain avait donné rendez-vous à Yvon au niveau de la borne de taxi située en haut de l'avenue. Comme à son habitude, le gardien portait un costume de belle coupe et avait poussé la coquetterie jusqu'à épingler un œillet blanc à la boutonnière de sa veste. Les deux hommes s'engouffrèrent dans le taxi commandé dix minutes plus tôt.

Roulez brave cocher, menez-nous à bon port.
De votre main experte, conduisez ce carrosse.
Soyez vif et alerte, évitez trous et bosses
Mais de grâce avancez, il en va de notre or.

Le chauffeur jeta un regard inquiet et méfiant dans son rétroviseur central avant de démarrer. La ride qu'avait gravée l'ébahissement sur son front mit trois feux rouges avant de disparaître complètement. Avec sa moustache taillée au cordeau, son port de tête majestueux et ses vêtements soignés, Yvon fit tout de suite forte impression sur la gent féminine de la résidence. Même Josette, après s'être rapidement débarrassée de son surplus de rouge à lèvres sur les joues de Guylain, ne put résister plus longuement à l'envie de se joindre à l'attroupement qui s'était formé autour du nouveau venu. Lorsque Yvon prit la parole entre deux baisemains, la tonalité grave de sa voix finit par charmer définitivement les plus imperméables de ces dames :

Jamais si belle demeure en ces coins reculés
Ne m'avait fait l'honneur encore de m'inviter.

« Oh ! monsieur Grinder, vous nous flattez », haleta Josette Delacôte en s'étouffant de bonheur.

Bienvenue au club des estropiés du patronyme, pensa Guylain. Tandis que le grand homme avançait de son pas majestueux vers le hall, entouré de cette cour déjà tout acquise à sa cause, le jeune homme suivit la procession, sourire aux lèvres, se cantonnant dans ce rôle de valet de pied qu'on semblait d'ores et déjà lui avoir attribué. La voix emplit le hall, arrachant un bref tressaillement aux deux brochettes d'avachis rangés de part et d'autre de l'entrée :

Dieu, que ce hall est grand, comme il est imposant.
Nulle entrée ne peut être plus proche du firmament.
Heureux ses occupants, qu'ils savourent leur chance,
D'avoir si bel endroit pour terminer leur danse.

Guylain craignit un instant que cette intrusion bruyante au milieu du brouillard qui flottait perpétuellement dans la tête des abonnés du lieu ne déclenchât quelque accident vasculaire cérébral ou infarctus du myocarde. Même si personne ne vint contredire Yvon, le jeune homme n'était cependant pas persuadé que tous ces pauvres hères bavochant et assis dans leur garniture fussent encore en état de savourer cette chance qu'ils avaient de finir leur danse dans un si bel endroit. Après un tour dans les étages où certaines pensionnaires plus hardies que les autres insistèrent pour faire visiter leur chambre au nouveau venu, Yvon commenta sa visite de deux vers succincts :

Il est des pensionnaires comme des appartements,
Si certains sont misères, d'autres sont bien avenants.

Si la rime l'obligeait parfois à certaines extrémités de langage qui ne reflétaient pas toujours la réalité des choses, Guylain dut reconnaître que son état des lieux et de leurs occupants sonna on ne peut plus juste. Monique se fit un honneur de présenter Yvon à l'assemblée, le débaptisant une première fois en Yvan Gerber puis en Johan Gruber avant de l'affubler d'un Vernon Pinder qu'elle sembla finalement adopter. Le pauvre Yvon perdit un peu de sa superbe à voir ainsi son patronyme malmené par la Delacôte *sister.* Guylain monta sur l'estrade pour lire un extrait de Julie. Dès les premières phrases, il apparut tout de suite au jeune homme que l'attention n'y était pas. Même si l'assistance était silencieuse hormis les toux, raclements de chaises et tapotements de cannes habituels, elle n'en restait pas moins dissipée à l'idée de voir la prestation d'Yvon. Guylain n'insista pas. Finie la première partie, place à la tête d'affiche. Le roi de l'alexandrin écarta d'un geste théâtral le fauteuil que Guylain lui présentait, rappelant au passage à celui-ci l'une des règles fondamentales nécessaires à une bonne déclamation :

Quel que soit le bagout, il ne fait pas mystère
Qu'il faut parler debout pour laisser passer l'air.

Alors, sans texte et sans autre filet que cette mémoire fantastique qu'il détenait, Yvon Grimbert alias Vernon Pinder dévida dans les oreilles de l'assemblée ébahie une première rafale. Tirade de Phèdre déclarant son amour à Hyppolyte, acte II, scène 5 :

Oui, prince, je languis, je brûle pour Thésée.
Je l'aime, non point tel que l'ont vu les enfers,
Volage adorateur de mille objets divers,
Qui va du dieu des morts déshonorer ma couche…

Les tirades s'enchaînèrent, l'homme passant avec virtuosité d'un Don Diègue vitupérant à une Andromaque désespérée, puis d'un Britannicus passionné à une Iphigénie patriote. Sans quitter un seul instant du regard le gardien, Monique demanda à Guylain quelle était sa profession.

« Alexandrophile, répondit tout de go le jeune homme.

— Alexandrophile », répéta doucement la vieille dame, les yeux brillants d'admiration.

Guylain s'éclipsa avant la fin de la séance, laissant son ami aux bons soins des sœurs Delacôte qui avaient proposé à Yvon de partager leur repas. En guise d'acceptation, l'homme de l'art s'était fendu de deux alexandrins de sa composition :

Jamais si grande chance ne me fut accordée
De partager pitance en si belle assemblée.

Moins de dix minutes plus tard, le jeune homme jaillissait du taxi pour s'engouffrer dans la gare. Évry 2, ses cent mille mètres carrés et ses toilettes publiques l'attendaient.

25

Il y avait peu de monde dans le Transilien en ce début de samedi après-midi. Ballotté par le train, Guylain passa le temps du voyage à penser à Julie. Qu'allait-il faire s'il finissait par la trouver ? « Bonjour, voilà… euh, je m'appelle Guylain Vignolles, j'ai 36 ans et je voulais vous rencontrer. » Il ne pouvait pas se permettre le luxe de gâcher la seule occasion qu'il aurait peut-être de faire la connaissance de la jeune femme en bégaiements laborieux. Il y avait cette autre solution qui consistait à coucher quelques phrases enflammées dans son livre d'or. Ça pouvait marcher mais c'était aussi prendre le risque de voir sa déclaration se retrouver coincée entre « Ici, y a que le papier qui déchire ! » et « WC propres mais les boutons-poussoirs de vos chasses d'eau sont un peu trop raides ». L'arrivée en gare de la rame arracha Guylain à ses rêveries.

Le jeune homme remonta son col au sortir de la station. Le fond de l'air était frais malgré le soleil franc et généreux qui luisait dans le ciel. La structure métallique de la tour dans laquelle allait et venait le gros ballon captif siglé au nom du centre commercial se dressait au-dessus des toits et l'appelait, tel un phare posé sur la ville. Évry 2 était à moins de cinq minutes de marche. Sitôt franchies les portes coulissantes, le jeune homme abandonna l'allure soutenue qui l'avait porté jusqu'ici. Il y avait en lui ce désir de faire durer l'instant, de repousser l'heure de la confrontation avec cette réalité contre laquelle risquaient une fois encore de se fracasser tous ses espoirs. Il remonta la grande allée en flânant, indifférent à la foule qui fourmillait autour de lui. Il imagina Julie foulant cette même allée au petit matin, seule, ses pas résonnant au milieu de l'immense cathédrale vide. Il en était là de ses pensées lorsque, par-delà le bourdonnement ténu de la multitude et la musique d'ambiance qui tombait des haut-parleurs accrochés au plafond, lui parvinrent des bruits de cataracte. À deux pas de là, une fontaine majestueuse crachait son eau en jets drus et continus par la bouche de quatre silures de marbre rassemblés en son centre. La voix de la raison vint aussitôt tempérer l'euphorie qui le gagnait, lui rappelant que dans tout centre commercial qui se respectait, il y avait une fontaine, comme il y avait un manège pour enfants, un marchand de gaufres et un escalator central. Mais il rabattit son caquet à cette grande gueule de Miss Rabat-joie et laissa son cœur s'emballer. La fontaine était à l'intersection de trois grandes allées, comme l'avait décrite Julie. Droite ou gauche ? Une femme accompagnée d'une fillette trottina vers la droite en suppliant la gamine de se retenir, qu'elles y étaient presque. Guylain leur emboîta le pas. Au passage, il balança dans l'eau à la limpidité douteuse une belle et grosse pièce de deux euros, histoire de conjurer le mauvais sort. À moins de trente mètres de là, le pictogramme caractéristique signalant la présence de toilettes brillait de tous ses feux. Miss Rabat-joie fit à nouveau irruption pour tenter de refréner son enthousiasme. Oui, il savait. Ça indiquait juste l'emplacement des toilettes et ce n'était pas marqué en lettres lumineuses « Bienvenue chez Julie, préposée aux sanitaires ». Il n'empêchait que jusqu'à présent, tout collait parfaitement au texte. Un escalier d'une quinzaine de marches menait au sous-sol. L'espace était carrelé du sol au plafond. 14 717, paria Guylain en croisant les doigts. À droite de l'entrée, se trouvait la table de camping. Quelques magazines à demi effeuillés en jonchaient le plateau. Un peu de menue monnaie gisait dans la soucoupe de porcelaine prévue à cet effet. La chaise accolée à la table était vide. Un gilet était suspendu à son dossier. Elle lui apparut tandis qu'il se dirigeait vers le secteur des hommes. Elle ressortait d'une des cabines, une serpillière et un balai à récurer entre ses mains gantées de rose. Il put l'observer tout à loisir tandis qu'elle se dirigeait d'un pas vif vers le cagibi pour y remiser son matériel. Plutôt petite, légèrement enveloppée, elle avait un visage qui, dans sa jeunesse, n'avait pas dû laisser les hommes indifférents. La chevelure d'un beau gris cendré était tirée en arrière et rassemblée en un chignon serré. Guylain regarda une dernière fois cette femme sur laquelle venaient de se briser ses illusions avant de se glisser dans la cabine n° 8. Affalé sur cette lunette qui, il l'aurait juré peu de temps encore auparavant, avait reçu le fessier du gros de 10 heures, il se prit la tête entre les mains. Il y avait tellement cru cette fois-ci. Il en aurait chialé de dépit.

« Uriner n'est pas jouer, combien de fois faudra-t-il leur répéter à ces petits morveux ? » La phrase avait claqué sèchement contre les parois carrelées. Uriner n'est pas jouer, tantologisme n° 5, le préféré de Julie. Une seconde voix, beaucoup plus douce, reprit la phrase en écho. Même parasitée par tous ces bruits de chasses d'eau, de robinets et de sèche-mains qui l'environnaient, Guylain se dit que c'était la plus belle voix qu'il lui eût jamais été donné d'entendre.

« Uriner n'est pas jouer et vice versa. Excuse-moi d'avoir été un peu longue, tantine, mais tu sais comment c'est quand Josy me coupe les cheveux. Une demi-heure pour la coupe, une heure pour la parlote. »

Guylain s'extirpa de la cabine et se traîna jusqu'aux lavabos. Ouverture du robinet, giclée de savon dans la paume, frotter, faire mousser. Son corps semblait ne plus lui appartenir. La glace lui renvoya l'image d'un être halluciné. Il n'osait pas tourner la tête vers la forme qui se découpait sur sa droite, à la limite de son champ de vision. Après avoir rempli l'évier d'une montagne de mousse, il égoutta sommairement ses mains, prit une profonde inspiration et se dirigea vers la sortie. Julie avait repris sa place sur la chaise et, la tête légèrement penchée en avant, noircissait une page de calepin d'une écriture tout en rondeurs. De son visage incliné vers l'avant, Guylain ne parvint à apercevoir que l'arête régulière du nez, le discret arrondi des pommettes et, plus bas, le renflement légèrement charnu des lèvres. Le rideau des cils ne lui dévoila rien de ses yeux. De sa main libre, une main aux doigts courts mais fins, elle caressa sa nuque dégagée. Ses cheveux avaient la couleur du miel, de ces miels de montagne aux teintes à la fois sombres et chatoyantes. Pendant un bref instant, elle releva la tête, le temps de perdre son regard dans le mur d'en face tout en suçotant le capuchon de son stylo avant de reprendre sa prose. Le « Merci quand même » ironique qu'elle lança dans son dos tandis qu'il quittait les lieux lui transperça le cœur. La seule monnaie qu'il avait eue en sa possession en arrivant au centre commercial gisait depuis près de dix minutes dans le bassin circulaire de la fontaine sous cinquante centimètres d'eau. Dans sa tête, il n'y avait plus de place à présent pour autre chose que cette révélation : Julie n'était pas belle, elle était sublime.

Dehors, les haut-parleurs annonçaient à grand renfort de jingles l'arrivée du printemps. Mardi 20 mars, ce mardi. Guylain sourit. Il sut aussitôt ce qu'il lui restait à faire.

26

Quand le livreur s'est pointé, j'ai d'abord cru qu'il s'agissait d'une erreur. Que le type s'était trompé d'entrée ou qu'il faisait juste un crochet par mes toilettes pour soulager une envie pressante qui ne pouvait plus souffrir d'être remise à plus tard. Mais quand le gars s'est posté devant moi et m'a demandé sans cesser de mâchouiller son chewing-gum si j'étais bien Julie, je n'ai pas eu d'autre alternative que de lui bégayer un oui méfiant. Deux secondes plus tard, je me retrouvais avec ce truc de ouf sur les bras. Je n'en croyais pas mes yeux. Un bouquet, ici, pour moi. Et quel bouquet ! Une avalanche de fleurs fraîches qui couvrait presque toute la surface de la table, une de ces énormes compositions avec les tiges qui plongent dans la grosse poche d'eau translucide. J'ai tout de suite appelé Josy qui a planté sa cliente en pleine séance de teinture, le temps de faire l'aller-retour pour venir admirer la chose. Quand elle a vu l'engin, elle s'est exclamée qu'un type capable d'offrir un truc pareil ne pouvait être qu'un grand malade ou le plus extraordinaire des mecs qu'on puisse trouver sur cette Terre. On dirait que t'as touché le jackpot, ma vieille, m'a-t-elle encore dit, de l'envie plein les yeux, avant de s'en retourner finir la coloration de sa cliente et après m'avoir fait promettre de tout lui raconter. Ça ne m'était jamais arrivé, un geste aussi incroyable dans un lieu aussi inapproprié, pas plus que ça n'était jamais arrivé à ma tante non plus en près de quarante ans de carrière. Sauf la fois où, m'a-t-elle avoué après coup, un monsieur lui avait laissé une rose un jour de la Saint-Valentin, parce que sa petite amie venait de le plaquer et qu'il ne savait plus quoi faire de cette tige épineuse qui l'encombrait. Agrafée à même la Cellophane qui emballait les fleurs, il y avait cette volumineuse enveloppe de papier kraft avec l'inscription « Pour Julie » écrite au stylo noir. Mes mains tremblaient un peu lorsque je l'ai décachetée. La faïence qu'elle contenait ressemblait étrangement aux miennes. Mêmes dimensions, même teinte légèrement laiteuse. J'ai tourné et retourné le carreau en tous sens sans comprendre, jusqu'à ce que je lise la lettre manuscrite qui l'accompagnait :

« Mademoiselle,

« Je ne suis pas ce que l'on pourrait appeler à proprement parler un prince charmant. Entre parenthèses, je trouve que les princes charmants ont toujours tendance à afficher un petit air d'autosatisfaction qui me dérange et qui ne me les rend pas spécialement sympathiques. Pas plus que je ne suis un prince charmant, je n'ai pas de destrier blanc. Il m'arrive à moi aussi de jeter des pièces dans les fontaines quand l'occasion se présente. Je n'ai pas de poireau disgracieux au menton ni de cheveu sur la langue mais je suis nanti d'un vrai nom à la con qui vaut bien à lui seul tous les poireaux et zézaiements du monde. J'aime les livres, même si je passe le plus clair de mon temps à les détruire. J'ai pour tout bien un poisson rouge qui s'appelle Rouget de Lisle et compte pour seuls amis un cul-de-jatte qui passe son temps à rechercher ses jambes et un versificateur qui ne sait parler qu'en alexandrins. J'ajouterais enfin que depuis quelque temps, j'ai découvert qu'il existait sur cette planète un être qui avait le pouvoir de faire paraître les couleurs plus vives, les choses moins graves, l'hiver moins rude, l'insupportable plus supportable, le beau plus beau, le laid moins laid, bref, de me rendre l'existence plus belle. Cette personne, c'est vous, Julie. Alors, même si je ne suis pas un adepte du *Speed dating*, je vous demande, non, je vous supplie de bien vouloir m'accorder huit minutes de votre vie (je trouve que sept n'est pas un très beau chiffre, surtout pour une rencontre).

« Je dois maintenant plaider coupable. Coupable d'être entré dans votre existence par l'intermédiaire de cette clé trouvée dans le RER il y a de cela trois semaines. Sachez que si je me suis ainsi introduit dans votre vie, ça n'était au départ qu'avec l'unique intention de vous retrouver afin de vous rendre la clé et les écrits qu'elle contenait, même si cette intention s'est peu à peu muée en un profond désir de vous rencontrer. Aussi, pour me faire pardonner, permettez-moi de vous offrir cette faïence supplémentaire pour l'ajouter à votre recensement de demain. Car, quoi que l'on puisse penser, rien n'est jamais figé dans la vie. Même un nombre aussi laid que 14 717 peut finir un jour par s'embellir à condition qu'on l'y aide un peu. Je conclurai avec cette formule qui, j'en conviens, fait un peu ampoulée sur les bords mais je crains de n'avoir plus jamais l'occasion ni l'envie de l'écrire à quelqu'un d'autre qu'à vous : Mon destin est entre vos mains. »

C'était signé Guylain Vignolles, avec, en dessous, un simple numéro de téléphone. Ce mec était peut-être taré mais il m'avait mise dans un drôle d'état. J'ai secoué l'enveloppe et la clé est tombée sur la table. La rouge grenat. Cela faisait trois semaines que je la cherchais partout, depuis le jour où j'avais emprunté le RER pour me rendre chez Josy. J'ai relu une première fois la lettre, puis une deuxième. J'ai passé je crois la journée à la relire, cette fichue lettre. À y revenir sans cesse, m'y replongeant à la moindre occasion, entre deux coups de torchette ou deux giclées d'eau javelli-

sée. À en savourer chaque mot, à tenter de mettre un visage, une voix sur ce gars et son nom à la con comme il dit. Aujourd'hui, bizarrement, les pièces ont tinté différemment contre la porcelaine de ma soucoupe, les heures se sont écoulées plus vite, la lumière des néons était plus chaude, les gens m'ont semblé même plus sympathiques qu'à l'accoutumée. Le soir, bien au chaud sous ma couette, je l'ai encore parcourue de long en large, jusqu'à en réciter par cœur chaque phrase. Avant de m'endormir, j'ai su que j'allais appeler Guylain Vignolles. Je crois même que ma décision était prise avant la fin de la deuxième lecture. L'appeler pour lui dire que ce n'était pas huit pitoyables minutes que j'allais lui accorder mais trois heures, le temps qu'il m'a fallu pour trouver le sommeil. Trois heures pour se raconter, pour nous raconter et aller peut-être là où nos mots ne sont encore jamais allés.

Ce matin, jour d'équinoxe de printemps, j'ai compté mes carrelages en chantonnant. Glissée dans la poche de ma blouse, la faïence de Guylain Vignolles battait agréablement contre ma hanche. Au moment de l'addition finale, je l'ai délicatement posée sur la table et ajoutée au bas de la feuille avant de faire mon total. Même si je m'y attendais, je n'ai pu m'empêcher d'être chamboulée en contemplant le résultat. Alors j'ai pris le téléphone. 14 718, ça faisait vraiment un beau nombre pour commencer une histoire.

DU MÊME AUTEUR

Au diable vauvert

LE LISEUR DU 6H27, 2014 (Folio n° 5981)

MACADAM, nouvelles, 2015 (Folio n° 6484)

LE RESTE DE LEUR VIE, 2016 (Folio n° 6344)

LA FISSURE, 2018 (Folio n° 6639)

MALAMUTE, 2021 (Folio n° 7130)

Aux Éditions Gallimard

Dans la collection Écoutez lire

LE LISEUR DU 6H27, 1 CD

COLLECTION FOLIO

Dernières parutions

6743. Les sœurs Brontë	*Autolouange* et autres poèmes
6744. F. Scott Fitzgerald	*Le diamant gros comme le Ritz*
6745. Nicolas Gogol	*2 nouvelles de Pétersbourg*
6746. Eugène Dabit	*Fauteuils réservés* et autres contes
6747. Jules Verne	*Cinq semaines en ballon*
6748. Henry James	*La Princesse Casamassima*
6749. Claire Castillon	*Ma grande*
6750. Fabrice Caro	*Le discours*
6751. Julian Barnes	*La seule histoire*
6752. Guy Boley	*Quand Dieu boxait en amateur*
6753. Laurence Cossé	*Nuit sur la neige*
6754. Élisabeth de Fontenay	*Gaspard de la nuit*
6755. Elena Ferrante	*L'amour harcelant*
6756. Franz-Olivier Giesbert	*La dernière fois que j'ai rencontré Dieu*
6757. Paul Greveillac	*Maîtres et esclaves*
6758. Stefan Hertmans	*Le cœur converti*
6759. Anaïs LLobet	*Des hommes couleur de ciel*
6760. Juliana Léveillé-Trudel	*Nirliit*
6761. Mathieu Riboulet	*Le corps des anges*
6762. Simone de Beauvoir	*Pyrrhus et Cinéas*
6763. Dōgen	*La présence au monde*
6764. Virginia Woolf	*Un lieu à soi*
6765. Benoît Duteurtre	*En marche !*
6766. François Bégaudeau	*En guerre*
6767. Anne-Laure Bondoux	*L'aube sera grandiose*
6768. Didier Daeninckx	*Artana ! Artana !*
6769. Jachy Durand	*Les recettes de la vie*
6770. Laura Kasischke	*En un monde parfait*

6771. Maylis de Kerangal — *Un monde à portée de main*
6772. Nathalie Kuperman — *Je suis le genre de fille*
6773. Jean-Marie Laclavetine — *Une amie de la famille*
6774. Alice McDermott — *La neuvième heure*
6775. Ota Pavel — *Comment j'ai rencontré les poissons*
6776. Ryoko Sekiguchi — *Nagori. La nostalgie de la saison qui vient de nous quitter*
6777. Philippe Sollers — *Le Nouveau*
6778. Annie Ernaux — *Hôtel Casanova* et autres textes brefs
6779. Victor Hugo — *Les Fleurs*
6780. Collectif — *Notre-Dame des écrivains. Raconter et rêver la cathédrale du Moyen Âge à demain*
6781. Carole Fives — *Tenir jusqu'à l'aube*
6782. Esi Edugyan — *Washington Black*
6784. Emmanuelle Bayamack-Tam — *Arcadie*
6785. Pierre Guyotat — *Idiotie*
6786. François Garde — *Marcher à Kerguelen.*
6787. Cédric Gras — *Saisons du voyage.*
6788. Paolo Rumiz — *La légende des montagnes qui naviguent.*
6789. Jean-Paul Kauffmann — *Venise à double tour*
6790. Kim Leine — *Les prophètes du fjord de l'Éternité*
6791. Jean-Christophe Rufin — *Les sept mariages d'Edgar et Ludmilla*
6792. Boualem Sansal — *Le train d'Erlingen ou La métamorphose de Dieu*
6793. Lou Andreas-Salomé — *Ce qui découle du fait que ce n'est pas la femme qui a tué le père* et autres textes psychanalytiques
6794. Sénèque — *De la vie heureuse* précédé de *De la brièveté de la vie*
6795. Famille Brontë — *Lettres choisies*

6796. Stéphanie Bodet *À la verticale de soi*
6797. Guy de Maupassant *Les Dimanches d'un bourgeois de Paris* et autres nouvelles
6798. Chimamanda Ngozi Adichie *Nous sommes tous des féministes* suivi du *Danger de l'histoire unique*
6799. Antoine Bello *Scherbius (et moi)*
6800. David Foenkinos *Deux sœurs*
6801. Sophie Chauveau *Picasso, le Minotaure. 1881-1973*
6802. Abubakar Adam Ibrahim *La saison des fleurs de flamme*
6803. Pierre Jourde *Le voyage du canapé-lit*
6804. Karl Ove Knausgaard *Comme il pleut sur la ville. Mon combat - Livre V*
6805. Sarah Marty *Soixante jours*
6806. Guillaume Meurice *Cosme*
6807. Mona Ozouf *L'autre George. À la rencontre de l'autre George Eliot*
6808. Laurine Roux *Une immense sensation de calme*
6809. Roberto Saviano *Piranhas*
6810. Roberto Saviano *Baiser féroce*
6811. Patti Smith *Dévotion*
6812. Ray Bradbury *La fusée* et autres nouvelles
6813. Albert Cossery *Les affamés ne rêvent que de pain*
6814. Georges Rodenbach *Bruges-la-Morte*
6815. Margaret Mitchell *Autant en emporte le vent I*
6816. Margaret Mitchell *Autant en emporte le vent II*
6817. George Eliot *Felix Holt, le radical.* À paraître
6818. Goethe *Les Années de voyage de Wilhelm Meister*
6819. Meryem Alaoui *La vérité sort de la bouche du cheval*
6820. Unamuno *Contes*

6821. Leïla Bouherrafa	*La dédicace.*
6822. Philippe Djian	*Les inéquitables*
6823. Carlos Fuentes	*La frontière de verre.* Roman en neuf récits
6824. Carlos Fuentes	*Les années avec Laura Díaz.* Nouvelle édition augmentée
6825. Paula Jacques	*Plutôt la fin du monde qu'une écorchure à mon doigt.*
6826. Pascal Quignard	*L'enfant d'Ingolstadt. Dernier royaume X*
6827. Raphaël Rupert	*Anatomie de l'amant de ma femme*
6828. Bernhard Schlink	*Olga*
6829. Marie Sizun	*Les sœurs aux yeux bleus*
6830. Graham Swift	*De l'Angleterre et des Anglais*
6831. Alexandre Dumas	*Le Comte de Monte-Cristo*
6832. Villon	*Œuvres complètes*
6833. Vénus Khoury-Ghata	*Marina Tsvétaïéva, mourir à Elabouga*
6834. Élisa Shua Dusapin	*Les billes du Pachinko*
6835. Yannick Haenel	*La solitude Caravage*
6836. Alexis Jenni	*Féroces infirmes*
6837. Isabelle Mayault	*Une longue nuit mexicaine*
6838. Scholastique Mukasonga	*Un si beau diplôme !*
6839. Jean d'Ormesson	*Et moi, je vis toujours*
6840. Orhan Pamuk	*La femme aux cheveux roux*
6841. Joseph Ponthus	*À la ligne. Feuillets d'usine*
6842. Ron Rash	*Un silence brutal*
6843. Ron Rash	*Serena*
6844. Bénédicte Belpois	*Suiza*
6845. Erri De Luca	*Le tour de l'oie*
6846. Arthur H	*Fugues*
6847. Francesca Melandri	*Tous, sauf moi*
6848. Eshkol Nevo	*Trois étages*
6849. Daniel Pennac	*Mon frère*
6850. Maria Pourchet	*Les impatients*
6851. Atiq Rahimi	*Les porteurs d'eau*
6852. Jean Rolin	*Crac*

6853. Dai Sijie — *L'Évangile selon Yong Sheng*
6854. Sawako Ariyoshi — *Le crépuscule de Shigezo*
6855. Alexandre Dumas — *Les Compagnons de Jéhu*
6856. Bertrand Belin — *Grands carnivores*
6857. Christian Bobin — *La nuit du cœur*
6858. Dave Eggers — *Les héros de la Frontière*
6859. Dave Eggers — *Le Capitaine et la Gloire*
6860. Emmanuelle Lambert — *Giono, furioso*
6861. Danièle Sallenave — *L'églantine et le muguet*
6862. Martin Winckler — *L'École des soignantes*
6863. Zéno Bianu — *Petit éloge du bleu*
6864. Collectif — *Anthologie de la littérature grecque. De Troie à Byzance*
6865. Italo Calvino — *Monsieur Palomar*
6866. Auguste de Villiers de l'Isle-Adam — *Histoires insolites*
6867. Tahar Ben Jelloun — *L'insomniaque*
6868. Dominique Bona — *Mes vies secrètes*
6869. Arnaud Cathrine — *J'entends des regards que vous croyez muets*
6870. Élisabeth Filhol — *Doggerland*
6871. Lisa Halliday — *Asymétrie*
6872. Bruno Le Maire — *Paul. Une amitié*
6873. Nathalie Léger — *La robe blanche*
6874. Gilles Leroy — *Le diable emporte le fils rebelle*
6875. Jacques Ferrandez / Jean Giono — *Le chant du monde*
6876. Kazuo Ishiguro — *2 nouvelles musicales*
6877. Collectif — *Fioretti. Légendes de saint François d'Assise*
6878. Herta Müller — *La convocation*
6879. Giosuè Calaciura — *Borgo Vecchio*
6880. Marc Dugain — *Intérieur jour*
6881. Marc Dugain — *Transparence*
6882. Elena Ferrante — *Frantumaglia. L'écriture et ma vie*
6883. Lilia Hassaine — *L'œil du paon*
6884. Jon McGregor — *Réservoir 13*

6885. Caroline Lamarche — *Nous sommes à la lisière*
6886. Isabelle Sorente — *Le complexe de la sorcière*
6887. Karine Tuil — *Les choses humaines*
6888. Ovide — *Pénélope à Ulysse* et autres lettres d'amour de grandes héroïnes antiques
6889. Louis Pergaud — *La tragique aventure de Goupil* et autres contes animaliers
6890. Rainer Maria Rilke — *Notes sur la mélodie des choses* et autres textes
6891. George Orwell — *Mil neuf cent quatre-vingt-quatre*
6892. Jacques Casanova — *Histoire de ma vie*
6893. Santiago H. Amigorena — *Le ghetto intérieur*
6894. Dominique Barbéris — *Un dimanche à Ville-d'Avray*
6895. Alessandro Baricco — *The Game*
6896. Joffrine Donnadieu — *Une histoire de France*
6897. Marie Nimier — *Les confidences*
6898. Sylvain Ouillon — *Les jours*
6899. Ludmila Oulitskaïa — *Médée et ses enfants*
6900. Antoine Wauters — *Pense aux pierres sous tes pas*
6901. Franz-Olivier Giesbert — *Le schmock*
6902. Élisée Reclus — *La source* et autres histoires d'un ruisseau
6903. Simone Weil — *Étude pour une déclaration des obligations envers l'être humain* et autres textes
6904. Aurélien Bellanger — *Le continent de la douceur*
6905. Jean-Philippe Blondel — *La grande escapade*
6906. Astrid Éliard — *La dernière fois que j'ai vu Adèle*
6907. Lian Hearn — *Shikanoko, livres I et II*
6908. Lian Hearn — *Shikanoko, livres III et IV*
6909. Roy Jacobsen — *Mer blanche*
6910. Luc Lang — *La tentation*
6911. Jean-Baptiste Naudet — *La blessure*
6912. Erik Orsenna — *Briser en nous la mer gelée*
6913. Sylvain Prudhomme — *Par les routes*

6914.	Vincent Raynaud	*Au tournant de la nuit*
6915.	Kazuki Sakuraba	*La légende des filles rouges*
6916.	Philippe Sollers	*Désir*
6917.	Charles Baudelaire	*De l'essence du rire* et autres textes
6918.	Marguerite Duras	*Madame Dodin*
6919.	Madame de Genlis	*Mademoiselle de Clermont*
6920.	Collectif	*La Commune des écrivains. Paris, 1871 : vivre et écrire l'insurrection*
6921.	Jonathan Coe	*Le cœur de l'Angleterre*
6922.	Yoann Barbereau	*Dans les geôles de Sibérie*
6923.	Raphaël Confiant	*Grand café Martinique*
6924.	Jérôme Garcin	*Le dernier hiver du Cid*
6925.	Arnaud de La Grange	*Le huitième soir*
6926.	Javier Marías	*Berta Isla*
6927.	Fiona Mozley	*Elmet*
6928.	Philip Pullman	*La Belle Sauvage. La trilogie de la Poussière, I*
6929.	Jean-Christophe Rufin	*Les trois femmes du Consul. Les énigmes d'Aurel le Consul*
6930.	Collectif	*Haikus de printemps et d'été*
6931.	Épicure	*Lettre à Ménécée* et autres textes
6932.	Marcel Proust	*Le Mystérieux Correspondant* et autres nouvelles retrouvées
6933.	Nelly Alard	*La vie que tu t'étais imaginée*
6934.	Sophie Chauveau	*La fabrique des pervers*
6935.	Cecil Scott Forester	*L'heureux retour*
6936.	Cecil Scott Forester	*Un vaisseau de ligne*
6937.	Cecil Scott Forester	*Pavillon haut*
6938.	Pam Jenoff	*La parade des enfants perdus*
6939.	Maylis de Kerangal	*Ni fleurs ni couronnes* suivi de *Sous la cendre*
6940.	Michèle Lesbre	*Rendez-vous à Parme*
6941.	Akira Mizubayashi	*Âme brisée*
6942.	Arto Paasilinna	*Adam & Eve*
6943.	Leïla Slimani	*Le pays des autres*

6944. Zadie Smith — *Indices*
6945. Cesare Pavese — *La plage*
6946. Rabindranath Tagore — *À quatre voix*
6947. Jean de La Fontaine — *Les Amours de Psyché et de Cupidon* précédé d'*Adonis* et du *Songe de Vaux*
6948. Bartabas — *D'un cheval l'autre*
6949. Tonino Benacquista — *Toutes les histoires d'amour ont été racontées, sauf une*
6950. François Cavanna — *Crève, Ducon !*
6951. René Frégni — *Dernier arrêt avant l'automne*
6952. Violaine Huisman — *Rose désert*
6953. Alexandre Labruffe — *Chroniques d'une station-service*
6954. Franck Maubert — *Avec Bacon*
6955. Claire Messud — *Avant le bouleversement du monde*
6956. Olivier Rolin — *Extérieur monde*
6957. Karina Sainz Borgo — *La fille de l'Espagnole*
6958. Julie Wolkenstein — *Et toujours en été*
6959. James Fenimore Cooper — *Le Corsaire Rouge*
6960. Jean-Baptiste Andrea — *Cent millions d'années et un jour*
6961. Nino Haratischwili — *La huitième vie*
6962. Fabrice Humbert — *Le monde n'existe pas*
6963. Karl Ove Knausgaard — *Fin de combat. Mon combat - Livre VI*
6964. Rebecca Lighieri — *Il est des hommes qui se perdront toujours*
6965. Ian McEwan — *Une machine comme moi*
6966. Alexandre Postel — *Un automne de Flaubert*
6967. Anne Serre — *Au cœur d'un été tout en or*
6968. Sylvain Tesson — *La panthère des neiges*
6969. Maurice Leblanc — *Arsène Lupin, gentleman-cambrioleur*
6970. Nathacha Appanah — *Le ciel par-dessus le toit*
6971. Pierre Assouline — *Tu seras un homme, mon fils*
6972. Maylis Besserie — *Le tiers temps*
6973. Marie Darrieussecq — *La mer à l'envers*

6974. Marie Gauthier	*Court vêtue*
6975. Iegor Gran	*Les services compétents*
6976. Patrick Modiano	*Encre sympathique*
6977. Christophe Ono-dit-Biot et Adel Abdessemed	*Nuit espagnole*
6978. Regina Porter	*Ce que l'on sème*
6979. Yasmina Reza	*Anne-Marie la beauté*
6980. Anne Sinclair	*La rafle des notables*
6981. Maurice Leblanc	*Arsène Lupin contre Herlock Sholmès*
6982. George Orwell	*La Ferme des animaux*
6983. Jean-Pierre Siméon	*Petit éloge de la poésie*
6984. Amos Oz	*Ne dis pas la nuit*
6985. Belinda Cannone	*Petit éloge de l'embrassement*
6986. Christian Bobin	*Pierre,*
6987. Claire Castillon	*Marche blanche*
6988. Christelle Dabos	*La Passe-miroir, Livre IV. La tempête des échos*
6989. Hans Fallada	*Le cauchemar*
6990. Pauline Guéna	*18.3. Une année à la PJ*
6991. Anna Hope	*Nos espérances*
6992. Elizabeth Jane Howard	*Étés anglais. La saga des Cazalet I*
6993. J.M.G. Le Clézio	*Alma*
6994. Irène Némirovsky	*L'ennemie*
6995. Marc Pautrel	*L'éternel printemps*
6996. Lucie Rico	*Le chant du poulet sous vide*
6997. Abdourahman A. Waberi	*Pourquoi tu danses quand tu marches ?*
6998. Sei Shônagon	*Choses qui rendent heureux* et autres notes de chevet
6999. Paul Valéry	*L'homme et la coquille* et autres textes
7000. Tracy Chevalier	*La brodeuse de Winchester*
7001. Collectif	*Contes du Chat noir*
7002. Edmond et Jules de Goncourt	*Journal*
7003. Collectif	*À nous la Terre !*

7004. Dave Eggers — *Le moine de Moka*
7005. Alain Finkielkraut — *À la première personne*
7007. C. E. Morgan — *Tous les vivants*
7008. Jean d'Ormesson — *Un hosanna sans fin*
7009. Amos Oz — *Connaître une femme*
7010. Olivia Rosenthal — *Éloge des bâtards*
7011. Collectif — *Écrire Marseille.* 15 grands auteurs célèbrent la cité phocéenne
7012. Fédor Dostoïevski — *Les Nuits blanches*
7013. Marguerite Abouet et Clément Oubrerie — *Aya de Yopougon 5*
7014. Marguerite Abouet et Clément Oubrerie — *Aya de Yopougon 6*
7015. Élisa Shua Dusapin — *Vladivostok Circus*
7016. David Foenkinos — *La famille Martin*
7017. Pierre Jourde — *Pays perdu*
7018. Patrick Lapeyre — *Paula ou personne*
7019. Albane Linÿer — *J'ai des idées pour détruire ton ego*
7020. Marie Nimier — *Le Palais des Orties*
7021. Daniel Pennac — *La loi du rêveur*
7022. Philip Pullman — *La Communauté des esprits. La trilogie de la Poussière II*
7023. Robert Seethaler — *Le Champ*
7024. Jón Kalman Stefánsson — *Lumière d'été, puis vient la nuit*
7025. Gabrielle Filteau-Chiba — *Encabanée*
7026. George Orwell — *Pourquoi j'écris* et autres textes politiques
7027. Ivan Tourguéniev — *Le Journal d'un homme de trop*
7028. Henry Céard — *Une belle journée*
7029. Mohammed Aïssaoui — *Les funambules*
7030. Julian Barnes — *L'homme en rouge*
7031. Gaëlle Bélem — *Un monstre est là, derrière la porte*
7032. Olivier Chantraine — *De beaux restes*

7033. Elena Ferrante — *La vie mensongère des adultes*
7034. Marie-Hélène Lafon — *Histoire du fils*
7035. Marie-Hélène Lafon — *Mo*
7036. Carole Martinez — *Les roses fauves*
7037. Laurine Roux — *Le Sanctuaire*
7038. Dai Sijie — *Les caves du Potala*
7039. Adèle Van Reeth — *La vie ordinaire*
7040. Antoine Wauters — *Nos mères*
7041. Alain — *Connais-toi* et autres fragments
7042. Françoise de Graffigny — *Lettres d'une Péruvienne*
7043. Antoine de Saint-Exupéry — *Lettres à l'inconnue* suivi de *Choix de lettres dessinées*
7044. Pauline Baer de Perignon — *La collection disparue*
7045. Collectif — *Le Cantique des cantiques. L'Ecclésiaste*
7046. Jessie Burton — *Les secrets de ma mère*
7047. Stéphanie Coste — *Le passeur*
7048. Carole Fives — *Térébenthine*
7049. Luc-Michel Fouassier — *Les pantoufles*
7050. Franz-Olivier Giesbert — *Dernier été*
7051. Julia Kerninon — *Liv Maria*
7052. Bruno Le Maire — *L'ange et la bête. Mémoires provisoires*
7053. Philippe Sollers — *Légende*
7054. Mamen Sánchez — *La gitane aux yeux bleus*
7055. Jean-Marie Rouart — *La construction d'un coupable.* À paraître
7056. Laurence Sterne — *Voyage sentimental en France et en Italie*
7057. Nicolas de Condorcet — *Conseils à sa fille* et autres textes
7058. Jack Kerouac — *La grande traversée de l'Ouest en bus* et autres textes beat
7059. Albert Camus — *« Cher Monsieur Germain,... »* Lettres et extraits
7060. Philippe Sollers — *Agent secret*

Tous les papiers utilisés pour les ouvrages
des collections Folio sont certifiés
et proviennent de forêts gérées durablement.

Composition Nord Compo
Impression Novoprint
à Barcelone, le 17 octobre 2022
Dépôt légal : octobre 2022

ISBN 978-2-07-299940-6 / Imprimé en Espagne

548553